Sophia Sonnenfeld

Lernen ohne Zeitdruck

Lernen ohne Zeitdruck

mit diesen Lerntechniken & Lernmethoden
in 4 Wochen auf einen 1,0 Ø

Sophia Sonnenfeld

Inhalt

Einleitung

Hallo, liebe*r Lesende*r!

Wie schön, dass Du Dich dafür entschieden hast, Deinen Lernerfolg zu verbessern und Dich dabei von meinem Buch unterstützen lassen willst! Wenn Du nun gedacht hast, dass Dir dieses Werk eine Art Zauberei bietet, die Du einfach anwenden kannst und am Ende kommen einfach so die ausgezeichneten Noten heraus, dann muss ich Dich leider enttäuschen: Deine Mitarbeit, Deine Reflexion und eine ehrliche Auseinandersetzung mit Deinem Mindset und Deiner Arbeitsweise sind nötig, um beim Lernen erfolgreicher zu werden.

Wenn Du dazu bereit bist, wirst Du merken, dass Dich dieser Ratgeber an die Hand nimmt und wir zusammen Deinem Lernerfolg Stück für Stück immer näherkommen, bis Du Dein Ziel erreicht hast! Wie Du mit diesem Buch arbeiten kannst: Es wurde so konzipiert, dass die einzelnen Kapitel sich in ihrer Logik und ihrem Inhalt aufeinander beziehen. Deshalb solltest Du nach Möglichkeit das Buch komplett durcharbeiten, weil alle

Teile wichtig sind, um Deinen Lernerfolg wesentlich zu verbessern. Im ersten Kapitel des Buches wirst Du erfahren, warum ein Growth-Mindset so wichtig ist und wie Du Deine eigenen Denkmuster und Einstellungen so verändern kannst, dass sie Dir beim Lernen nicht mehr im Weg stehen.

Im zweiten Kapitel wirst Du lesen, warum Du vieles, was Du zum Thema „Lerntypen" gehört hast, am besten wieder vergessen solltest und warum es stattdessen so wichtig ist, mit allen Sinnen zu lernen. Zudem möchte ich Dir auf einfache und anschauliche Weise näherbringen, wie Dein Gehirn Informationen verarbeitet und was Du tun kannst, um es dabei optimal zu unterstützen.

Im dritten Kapitel betrachten wir die unterschiedlichen Arten von Motivation und Du lernst, wie Du Dich auf simple Art und Weise immer wieder von neuem motivieren kannst! Bist Du wirklich motiviert zu lernen, ist schon sehr viel gewonnen! Warum das so ist, erfährst Du ebenfalls hier. Die größte Motivation hilft Dir jedoch nicht, wenn Deine Gedanken ständig abschweifen, Du alle fünf Minuten auf Dein Smartphone schaust oder Deine Aufgaben ständig auf „morgen" verschiebst, bis schließlich „morgen" die Prüfung vor der Tür steht, Du aber immer noch nichts gelernt hast. Dieses Phänomen des ständigen Aufschiebens nennt man „Prokrastination" und stellt sie für viele Studierende ein großes Problem auf ihrem Weg zu einem guten Abschluss dar.

Deshalb werden wir uns im vierten Kapitel erst damit auseinandersetzen, was Du tun kannst, um Deine Konzentration zu stärken und im fünften Kapitel, wie Du diese „Aufschieberitis“ besiegst.

Bevor wir dann mit Kapitel 7 und 8 tiefer in die Geheimnisse des Priorisierens und des Zeitmanagements einsteigen, kümmern wir uns in Kapitel 6 um Deine Lernumgebung. Wenn Du Deinen Arbeitsplatz erst freischaufeln musst, weil er von Tonnen dreckigen Geschirrs und allem möglichen Krimskrams schier erschlagen wird, solltest Du dieses Kapitel besonders gründlich lesen! Warum es so wichtig ist, Deine Aufgaben richtig einzuschätzen und zu wissen, welche Du priorisieren musst und warum Du Dich unbedingt mit Deinem Zeitmanagement auseinandersetzen solltest, wird Dir spätestens klar, wenn wir dann in Kapitel 9 verschiedene Lerntechniken genauer betrachten. Ein erfolgreicher Lernprozess ist ohne diese beiden Faktoren schlichtweg unmöglich! Doch keine Angst – mit den beschriebenen Techniken und Methoden bekommst Du beides ganz einfach in den Griff! Beim Thema „Lerntechniken“ sollte Dir eines bewusst sein: Es gibt keine universelle Methode, mit der jede*r alles ruckzuck lernen kann. Es kommt zum einen ganz persönlich auf Dich an, welche Methode für Dich persönlich besser taugt, hängt auch vom zu lernenden Stoff ab. Mit der einen Methode lernst Du besser Zusammenhänge, mit der anderen Vokabeln.

Am besten probierst Du jede der Methoden einfach einmal aus und entscheidest Dich dann für diejenige, mit der Du mit dem gerade zu lernenden Stoff am besten zurechtkommst! Du kannst auch verschiedene Methoden kombinieren oder auch für andere Lernbereiche benutzen als von mir vorgeschlagen! Da die universitäre Lehre immer noch sehr stark mit dem Lesen verbunden ist, möchte ich Dir zudem noch einige Ratschläge an die Hand geben, wie Du Dein Lesen schneller und effektiver gestalten kannst. Dabei liegt mir dieses „und" sehr am Herzen: Wenn Du plötzlich dreimal so schnell lesen kannst, dabei aber nicht wirklich verstehst, was Du da gerade durchgerattert hast, ist Dir genauso wenig geholfen, als wenn Du zwar wirklich den ganzen Inhalt Wort für Wort wiedergeben kannst, jedoch leider erst zwei Wochen nach der Prüfung mit dem Lesen des ersten Buches fertig bist ...Und apropos Prüfung – da sind wir nun schon beim Schlagwort des nächsten Kapitels: Was kannst Du konkret für die Prüfungsvorbereitung tun? Hier beleuchten wir alle wichtigen Punkte, die dir wirklich helfen, Dich optimal auf eine Prüfung vorzubereiten! Das Bonus-Kapitel wäre wohl vor einiger Zeit noch komplett auf Unverständnis gestoßen – was soll das sein, das „Home-Studium"? Leider wissen wir das mittlerweile alle; vielleicht „durftest" Du ja auch schon erste Erfahrungen beim Home-Schooling oder wie es mittlerweile genannt wird, beim „Distanzunterricht" sammeln.

Da dies für alle komplettes Neuland und für viele eine große Überforderung darstellt, habe ich Dir hier einige Punkte zusammengestellt, die Dich in dieser schwierigen Zeit unterstützen, besser mit der Situation zurechtzukommen und Dein Studium trotzdem mit Bravour durchziehen zu können. Diese Tipps helfen Dir ebenfalls, wenn Du grundsätzlich an einer Fernuni studierst, auch wenn dort die Studienmaterialen bereits auf die individuelle Er- und Bearbeitung optimiert sind und Du deshalb gerade einen sehr großen Vorteil vor den „normalen Studierenden" hast.

Abschließend möchte ich Dir dann noch eine sehr einfache Methode vorstellen, mit deren Hilfe Du Deinen Lernerfolg auch außerhalb der Studienzeit verbessern kannst und schließlich bleibt mir nur noch, Dich zu Deinen ersten Schritten zu exzellenten Noten zu beglückwünschen!

Viel Erfolg!

Deine Sophia Sonnenfeld

1. Was ist ein Growth Mindset?

Das Wichtigste gleich zu Beginn: Auf das richtige Mindset kommt es an! Was bedeutet „Mindset" eigentlich? Darunter versteht man die „Einstellung, Haltung oder Denkweise eines Menschen". Das Mindset ist also, wie wir über alles, was um uns herum geschieht, denken. Dabei fällen wir diese Entscheidung nicht aus dem Nichts, sondern sie ist im Prinzip die Folge unserer bisherigen Erfahrungen und Erkenntnisse. Du kennst sicher die Metapher des „halbvollen Glases" – je nachdem, wie wir die Welt sehen, ist es halbvoll oder halbleer. Was hat das mit Deinem Lernerfolg zu tun? Eigentlich ganz einfach: Stell Dir vor, Dein Professor stellt Euch eine Aufgabe für eine Hausarbeit, Du kannst jedoch mit dem Thema so gar nichts anfangen. Du holst Dir ein Fachbuch – und auch dort verstehst Du erst einmal nur Bahnhof. Wann hast Du wohl größere Chancen, die Aufgabe doch noch zu bewältigen? Wenn Du mit der Einstellung an die Aufgabe herangehst „ich kann das nicht, das packe ich nicht, die Aufgabe ist doch viel zu schwer, ich bin viel zu dumm, um das alles zu verstehen" oder wenn Dein Mindset lautet: „Wow, das ist wirklich eine Herausforderung!

Ich liebe Herausforderungen! Ich verstehe zwar noch nicht, wie ich diese Aufgabe bewältigen kann, aber so schnell lasse ich mich nicht unterkriegen!" Ich denke, die Antwort ist offensichtlich. Du denkst Dir jetzt vielleicht: „So ein Quatsch!" Hier einmal ein ganz persönliches Beispiel aus meinem Leben: Wie viele andere Menschen auch, singe ich eigentlich gerne bei bestimmten Liedern mit, vor allem wenn ich Auto fahre oder alleine bin. Ich bin sicher kein Gesangstalent, aber kann durchaus die Töne treffen und auch die Texte wiedergeben. Jedoch habe ich sehr lange Zeit peinlichst genau darauf geachtet, dass mich ja niemand singen hört. Warum? Weil mir von klein auf immer wieder mitgeteilt wurde, dass ich furchtbar singen würde. Meine Schwester hatte sich immer wieder über mich lustig gemacht und mich „Krähe" genannt, wenn ich auch nur mal leise irgendwo mitgesummt hatte. Ein Geburtstagsständchen? Von mir? Ganz sicher nicht. Eher hätte ich wohl mein letztes Hemd verschenkt, als mich so zu blamieren. Denn dass es gar nicht anders hätte laufen können, davon war ich felsenfest überzeugt gewesen. Und dieser Glaubenssatz „Ich kann nicht singen" hatte sich so tief in mir verankert, dass ich es gar nicht erst versucht hatte, keine „Zweitmeinung" eingeholt hatte oder vielleicht Gesangsstunden genommen hätte, um meine Gesangskünste zu verbessern. „Hat ja eh alles keinen Zweck – ICH KANN DAS NICHT“, dachte ich. Geändert hat sich das dann erst, als ich aktiv diese Blockade in mir aufgelöst und an meinem Mindset gearbeitet habe. Zum Musikstar eigne ich mich zwar immer noch nicht, aber ich kann nun durchaus mit anderen zusammen singen – und bin bei weitem nicht diejenige, die am schlechtesten abschneidet. Was genau hat sich geändert? Ich bin von einem starren Mindset (fixed Mindset) zu einem flexiblen Mindset (Growth Mindset) gewechselt. Diese Begriffe stammen von der amerikanischen Psychologin Dr. Carol S. Dweck.

Mit einem starren Mindset geht man davon aus, dass man entweder talentiert ist oder eben nicht (in meinem Beispiel mein Glaubenssatz „Ich kann nicht singen“) und man das auch nicht ändern kann – also kein Gesangsunterricht etwas bringen würde. Meine Einstellung zu einem eventuellen Scheitern war so negativ, dass ich wahrscheinlich vor Scham in den Erdboden versunken wäre, hätte mich jemand beim Singen „erwischt“ und gelacht, weil ich den Ton nicht treffe. Hinzu kommt bei einem starren Mindset noch, dass man dann nur bereit ist, etwas zu lernen, um positive Rückmeldung zu erhalten. Bleiben diese jedoch aus, wird der Versuch sofort abgebrochen.

Bei einem flexiblen Mindset hingegen spielen die Zauberworte „noch nicht“ eine ausschlaggebende Rolle:

Ich kann das noch nicht, ich verstehe das noch nicht, ich mache noch Fehler. Aber: Ich nehme die Herausforderung an! Ich werde es schaffen! Ich kann diese Aufgabe bewältigen! Mit einem Growth Mindset geht man also davon aus, dass man sich weiterentwickeln, sich Fähigkeiten und Wissen aneignen kann und man nicht auf seine „angeborenen Fähigkeiten“ begrenzt ist.

Heute kann man diesen Unterschied auch sehr gut im Zusammenhang mit der Digitalisierung beobachten: Ständig ändern sich die Benutzeroberflächen von Programmen, sie bekommen neue Funktionen, usw. Nun kann man entweder sagen: „Ok, keine Ahnung wie ich in Word meine Gliederung so gestalte, dass sie automatisch die Seitenzahlen anpasst und Änderungen übernommen werden - ich mache das auch weiterhin manuell. Ich bin technisch unbegabt - also kann ich auch keine App installieren, mich nicht in neue Programme einarbeiten, usw.“ Oder man denkt: „Cool, was heute alles möglich ist! Das muss ich doch gleich einmal ausprobieren!“ Man probiert schließlich einfach so lange herum, bis es funktioniert oder liest Fachliteratur, schaut YouTube Videos usw. Ich denke, es liegt auf der Hand, welches der beiden Mindsets zum Erfolg führt?

Was kannst Du nun also tun, um Dich auf Erfolg zu programmieren und Dir ein „Growth Mindset“ anzueignen?

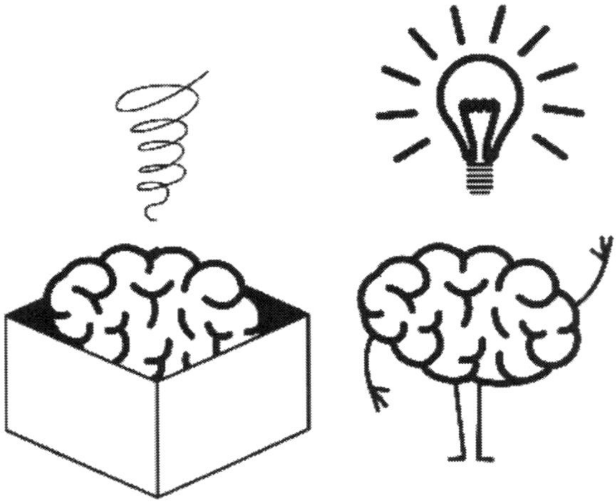

1.1 Halte Dir einen Spiegel vor!

Um Deine eigenen Fähigkeiten, Deine Stärken und Schwächen realistisch einschätzen und fördern zu können, musst Du sie erst einmal kennen. Deshalb solltest Du Dich zuerst mit dem Wichtigsten in Deinem Leben auseinandersetzen: mit Dir selbst!

Betrachte Dich selbst:

- Was kannst Du gut / nicht so gut?
- Ist das wirklich so? Warum denkst Du, dass Du etwas gut oder nicht so gut kannst?
- Was möchtest Du gut/besser können?
- Was tust Du dafür?
- Welches konkrete Ziel willst Du erreichen?
- Welche Schritte/Anstrengungen sind dafür notwendig?

Dir kommen diese Fragen doof vor? Natürlich weißt Du, dass Du in Physik der absolute Looser bist, in Französisch aber super? Ok … und woher weißt Du das? Weil Du in Physik immer so schlechte Noten hast und nichts verstehst? Mhm … und warum ist das so? Weil Du das einfach nicht kannst? Wieso nicht? Weil Dir das Deine Lehrer*innen / Deine Eltern immer vermittelt haben?

Mhm … Du siehst, worauf ich hinaus will, oder? Ich kann Dir sagen, dass ich in Physik grottenschlecht war. Immer. Warum? Meine Lehrer*innen konnten den Stoff nicht vermitteln, ich fand das alles langweilig und hatte überhaupt keine Lust, mich mit den Lerninhalten auseinanderzusetzen. Irgendwann kam ich auch nicht mehr mit, weil ich den Faden verloren hatte, ich habe im Unterricht dann lieber vor mich hingeträumt, gequatscht oder unter der Bank Gameboy gespielt … Die Hausaufgaben habe ich abgeschrieben, die Prüfungen gerade irgendwie bestanden – und das Fach so schnell wie möglich abgewählt. Denkst Du, ich bin total untalentiert in Physik? Vielleicht bin ich kein Einstein, trotzdem wahrscheinlich doch zumindest Durchschnitt – in Mathematik, Chemie und allen anderen naturwissenschaftlichen Fächern war ich ja auch immer gut. ABER: Mein Mindset war: „Das kann ich nicht, das versteh ich nicht, das will ich nicht …"

Deshalb ist es essenziell, dass Du Dich wirklich hinterfragst! Dann wirst Du schnell merken, dass es nicht an Deinem Talent liegt – sondern an Deiner Einstellung zum konkreten Fach, Themengebiet oder zur Lehrkraft!

Was kannst du tun?

Reflektiere Deine Einstellung zu Dir selbst regelmäßig und so ehrlich wie möglich – das tut oft weh, aber mit „Ich kann nichts dafür, die anderen sind schuld" kommst

Du leider nicht weit. Überprüfe Deine Glaubenssätze, was Dein Können angeht: Bist Du in einem Fach schlecht, weil Deine Lernmethode nicht stimmt, Du Dich noch nicht genug angestrengt hast, Du mit Deiner Lehrkraft nicht zurechtkommst, Du große Lücken in Deinem Grundwissen hast ODER hast Du es eigentlich nicht wirklich probiert, weil Dir immer vermittelt wurde, dass Du das eh nicht kannst, Du nicht klug / talentiert / fleißig genug bist?

Diese Selbstreflexion hilft Dir, die Gründe für Deine Probleme zu erkennen und daran zu glauben, dass Du die Situation zu Deinen Gunsten ändern kannst! Das ist der erste und sehr wichtige Schritt zu einem Growth Mindset.

1.2 Richtiges Loben will gelernt sein!

Bei mir war das immer so: Für meine guten Noten wurde ich gelobt, für meine schlechten gab es Sanktionen. Nur dummerweise hatte ich mich für die Eins in Deutsch eigentlich gar nicht angestrengt, die Vier in Französisch konnte ich jedoch nur erreichen, weil ich sehr viel und lange gelernt hatte. Was denkst Du, wie groß war meine Motivation, mich weiter extrem für Französisch anzustrengen und wie mächtig war der Glaubenssatz „das hat doch eh keinen Sinn“? Wichtig ist also, dass wir (uns) richtig loben!

Lobe also nicht das Ergebnis, sondern das Engagement und die Anstrengung, die Du hineingesteckt hast! Du hast täglich stundenlang gelernt? Das ist doch eine tolle Leistung! Wenn Du so dranbleibst, wird auch das Ergebnis irgendwann das Gewünschte sein! Das soll jetzt nicht heißen, dass Du nichts ändern musst – wenn Du Dich jeden Tag von früh bis spät auf eine Prüfung vorbereitet hast und Du trotzdem durchgefallen bist, dann läuft irgendwas mit Deinem Lernverhalten schief und deshalb hast Du Dir ja dieses Buch gekauft – trotzdem hast Du Dein Bestes gegeben und das ist ein Lob wert!

1.3 Wo warst Du, stehst Du, willst Du hin?

Ein Problem unseres Schulsystems ist sicherlich, dass nur der Ist-Stand zählt – nicht der Weg, den man bereits gegangen ist. Das verhindert, dass Anstrengungen und Leistungen richtig gewürdigt werden. Deshalb: Vergleiche Dich nicht mit anderen (Paul hat in Physik eine 2, ich nur eine 4), sondern überlege, wie weit Du im letzten Jahr gekommen bist! Was hast Du alles erreicht, was hat noch nicht so gut geklappt, was hast Du dafür getan? Diese Art von Vergleich ist besonders hilfreich, wenn es Dir schwerfällt, Dich aktiv am Unterricht zu beteiligen, Dich zu konzentrieren, Dich ruhig zu halten usw. Früher hast Du Dich gar nicht am Unterricht beteiligen können, weil Du viel zu viel Angst hattest, Fragen zu stellen? Heute beteiligst Du Dich aktiv ein – bis zweimal in jedem zweiten Seminar? Betrachtest Du nur das Ergebnis, dann ist es wahrscheinlich immer noch ziemlich wenig. Vergleichst Du es aber mit dem Stand vor einem halben Jahr, ist das doch schon um das Vielfache mehr! Was für eine tolle Leistung! Du bist zwar noch nicht ganz da, wo Du hin möchtest, doch definitiv auf dem richtigen Weg!

1.4 Fehler als Chance annehmen

Ein grundlegendes Kennzeichen von Menschen mit einem starren Mindset ist, Fehler als Beweis des Scheiterns zu sehen. Geh mal in Dich: Wie reagierst Du auf einen Fehler? Siehst Du ihn als Beweis dafür, dass Du das ohnehin nicht kannst und nicht in der Lage bist, diese Aufgabe zu meistern? Oder als rechtzeitigen Hinweis dafür, dass Du nicht auf dem richtigen Weg bist, als Möglichkeit etwas zu lernen, um es das nächste Mal besser zu tun oder Dich weiterzuentwickeln?

Leider sind wir von klein auf darauf getrimmt, Fehler unbedingt vermeiden zu wollen und sie als etwas Negatives wahrzunehmen. Im schlimmsten Fall wird die Angst, einen Fehler zu begehen, so groß, dass wir uns an keine Herausforderung mehr herantrauen, da wir ja etwas falsch machen könnten.

Was kannst du tun?
Setze Dich kritisch mit Deiner Einstellung zu Fehlern auseinander. Wie nimmst Du sie wahr? Hast Du einen Fehler begangen, analysiere genau, wieso es dazu kommen konnte. Warst Du zu unkonzentriert? Wusstest Du zu wenig? Hattest Du etwas falsch verstanden?

UND: Was kannst Du tun, um diesen Fehler zu vermeiden? Diese wichtige Frage hilft uns, an unseren Fehlern zu wachsen! Stell sie Dir immer ganz bewusst!

Wenn Du diese vier Punkte beachtest, wirst Du ein flexibles Mindset entwickeln, dass Dir bei Deinem Lernprozess hilft, da Du Dir nicht von vornherein jede Chance auf Erfolg nimmst. Wichtig ist jedoch auch zu verstehen, dass es vor allem darum geht, eine realistische Selbsteinschätzung zu entwickeln – auch mit einem Growth Mindset werde ich kein Einstein, keine zweite Anna Netrebko, aber ich habe auch keine Blockaden mehr in mir, die mich daran hindern könnten, das für mich Bestmögliche zu erreichen!

2. Es gibt keine Lerntypen!

Sicher hast Du während Deiner Schulzeit schon viel über diverse Lerntypen gehört. Danach lassen wir uns alle grob in vier Lerntypen[1] einteilen:

- Der visuelle Lerntyp, der am besten über Bilder, Grafiken, Filme usw. lernt;
- Der auditive Lerntyp, der „hörend" am besten lernt, z. B. über Podcasts, Vorträge usw.;
- Der haptische Lerntyp, der Dinge anfassen oder fühlen muss, um sie erfassen zu können;
- Der intellektuelle Lerntyp, der durch Analyse und kritisches Denken Informationen verarbeitet. Dieser

1 Dieser Ansatz geht vor allem auf Frederich Vester zurück. Wenn Du Dich mit diesem Thema mehr auseinandersetzen möchtest, kannst Du das mit folgendem Buch tun: Vester, F. (2018). Denken, Lernen, Vergessen (38. Aufl.). dtv.

Lerntyp wird auch oft kommunikativer Lerntyp genannt. Also eigentlich ganz einfach, oder? Du machst irgendeinen Test[2], erfährst, welcher Lerntyp Du bist, welche Lerntechniken deshalb am besten für Dich passen und wie Du sie am besten anwendest - und, hurra, Lernproblem gelöst! Leider ist es jedoch nicht so einfach.

Es gibt nämlich keinen wissenschaftlichen Nachweis dafür, dass es so etwas wie „lerntypengerechtes Lernen" wirklich gibt. Im Gegenteil, in einer Studie haben die Lernforscher Hal Pashler, Mark Mc Daniel, Doug Rohrer und Robert Bjork 2009 in ihrer Untersuchung von Studien zur Wirksamkeit von Lerntypen[3] (Artikel in der Fachzeitschrift *Psychological Science in the Public Interest*) keine Hinweise dafür finden können, dass die Konzentration auf nur einen Lernkanal wie z. B. das Lesen, beim Lernen hilft. Du denkst jetzt vielleicht: „So ein Quatsch! Ich bin doch ein auditiver Lerntyp und lerne viel schneller, wenn mir in meinem Seminar oder in einer Vorlesung etwas von meinen Professor*innen erzählt wird, als wenn ich mir zu Hause einen Fachtext durchlese." Da hast Du sicher auch recht, aber lass uns doch mal dieses

2 Wenn Du Dir so einen Test einmal anschauen möchtest, findest Du hier einen: Durchstarten. Lerntypentest von Brigitte Jug: https://www.veritas.at/sbo/extproj/Lerntypentest/lerntypentest.php

3 Vgl. Pashler, H., McDaniel, M., Rohrer, D. & Bjork, R. (2009).

Beispiel genauer betrachten:
Du bist also in Deinem Seminar oder in Deiner Vorlesung. Wie läuft das genau ab? Normalerweise steht Dein*e Dozent*in irgendwo vorne am Rednerpult, erzählt etwas und Du hörst zu. Ist das schon alles? Bei allen einigermaßen guten Vorträgen wird eine PowerPoint-Präsentation gezeigt oder zumindest etwas an die Tafel geschrieben, ein Arbeitsblatt ausgeteilt oder sonst irgendeine visuelle Stütze gegeben – und ja, auch die Dozent*innen sprechen ja nicht aus dem Nichts zu Dir, auch sie sind zu sehen. Vielleicht hast Du ja auch ein paar Fragen, die Du stellen willst? Dann sprichst Du also auch noch – und wenn Du Dir jetzt nicht nur alles anhörst, sondern auch noch Notizen machst, bist Du auch noch selbst aktiv und schreibst Dir das, was Du gehört hast, auf, vielleicht sogar in eigenen Worten oder in Stichpunkten, verarbeitest somit das Gehörte zusätzlich noch.

Und genau das ist der Punkt:
Du benutzt nicht nur einen Lernkanal - Du siehst, hörst, sprichst, schreibst und setzt Dich mit den Informationen interaktiv auseinander. Du erhältst also Informationen über mehrere Sinneskanäle.

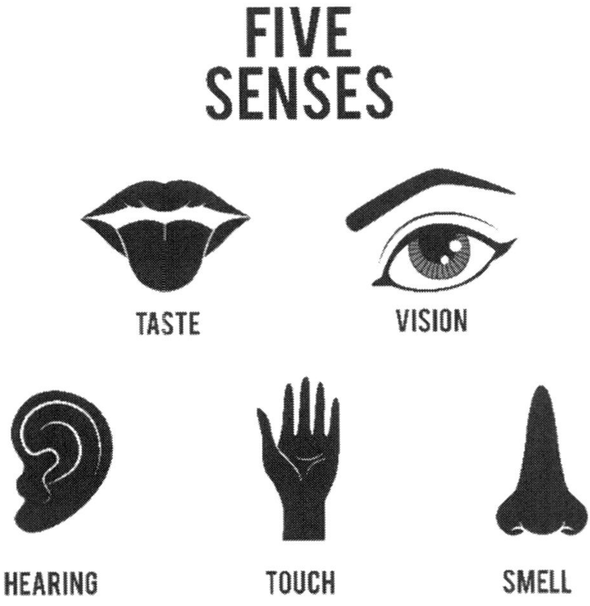

2.1 So lernt dein Gehirn!

Heute hat sich die Theorie der Lerntypen weiterentwickelt und viele Forscher vertreten nun die Auffassung, dass man ganzheitlich und mit allen Sinnen lernen sollte. Diesen Ansatz vertritt die multisensorische Lerntheorie, die davon ausgeht, dass man leichter lernt, wenn mehrere Sinne parallel angesprochen werden. Dazu führte das Max-Planck-Institut in Leipzig eine Untersuchung[4] in einem Bereich durch, mit dem Du sicher auch bereits Deine eigenen Erfahrungen gesammelt hast: Das Vokabellernen. Forscher haben Testpersonen eine Woche lang Wörter aus einer für diesen Zweck erfundenen Kunstsprache lernen lassen und festgestellt, dass die Lerngruppe, die die zu lernenden Wörter mit Gesten unterstrich oder den Begriff hörten und ein Bild dazu sahen, sich das Vokabular besser merken konnten, als jene Testpersonen, die die Wörter nur hörten. Anders ausgedrückt: Das Erhalten von Informationen aus verschiedenen Lernkanälen unterstützt den Lernprozess besser, als wenn nur ein Sinnesorgan angesprochen wird. Was bedeutet das für Dich? Wenn Du zum Beispiel beim Vokabellernen Probleme hast, helfen Dir folgende Tipps:

---

4 Vgl. Max-Planck-Gesellschaft. (2015, 5. Februar).

- Lies Dir die Vokabeln laut vor - dann erfasst Du die Information nicht nur über das Lesen, sondern auch über das Sprechen und Hören.
- Überlege Dir zu Vokabeln, die Du Dir besonders schwer merken kannst, eine spezielle Geste! So aktivierst Du auch noch den haptischen Kanal.
- Du kannst Dir auch Bilder zu den einzelnen Vokabeln malen, diese Assoziationen helfen Dir ebenfalls, Dir das Wort besser zu merken. Auch kannst Du Dir bereits vorgefertigte Bildkarten zum Vokabellernen kaufen.
- Den Geruchsinn anzuregen, ist beim Lernen auf den ersten Blick nicht so einfach. Du kannst Dir jedoch zum Beispiel eine Duftlampe oder Räucherstäbchen anzünden, wenn Du Dich zu Hause zum Lernen einstimmen willst. Dann verbindet Dein Gehirn diesen Reiz immer mit dieser Situation und bestimmte Gerüche fördern die Konzentration und die Lernbereitschaft. Besonders eignen sich dafür Zitrone, Grapefruit und Lavendel, auch Mandarine, Bergamotte und Rosmarin haben einen positiven Einfluss. Um Dich auch während der Prüfung besser konzentrieren zu können und das Gelernte leichter abzurufen, hast Du am besten ein Schnüffeltuch oder ein kleines Stück Holz dabei, dass nach Deinem Lernduft riecht.

Natürlich kannst Du diese Vorgehensweise auch für alle anderen Wissensbereiche anwenden und musst Dich nicht auf das Vokabellernen beschränken.

2.2 Wie lernt das Gehirn?

Ein weiterer Punkt, den die Theorie der Lerntypen komplett ignoriert, ist, dass die Gedächtnisbildung nicht vom Sinneskanal abhängig ist. Das bedeutet, dass etwas, was man gerade gelernt hat, nicht automatisch in unserem Langzeitgedächtnis gespeichert wird, sondern dass dazu verschiedene Prozesse nötig sind. Sicher kennst Du das ja auch: Du hast Dich für ein Seminar oder eine Prüfung vorbereitet, weißt alles, was Du wissen musst und ein Monat später ist ein Großteil dieses Wissens schon wieder verschwunden. Deshalb ist es wichtig zu verstehen, wie Lernprozesse ablaufen und unser Gehirn eigentlich funktioniert.

Unser Gehirn besteht aus Nervenzellen (Neuronen). Von diesen gibt es in unserem Gehirn circa 100 Milliarden. Sie leiten und verarbeiten Signale und sind durch Axone (Informationsweiterleitung) und Dendriten (Informationsaufnahme) miteinander verbunden.

2.3 Neuronale Netzwerke

Wichtig für unser Gedächtnis sind die Neuronen in der Großhirnrinde. Wenn die verbundenen Zellen gemeinsam aktiv sind, werden die Synapsen (Kontaktstelle zu anderen Neuronen) verstärkt. Wenn wir also lernen, bilden sich neuronale Netzwerke, die immer schneller aktiviert werden können, je öfter man sie benutzt.

Warum ist das wichtig?
Je öfter Informationen wiederholt werden, desto leichter lassen sich die Netzwerke in unserem Gehirn aktivieren, das Gelernte wird vertieft und die Informationen verankern sich besser im Langzeitgedächtnis.

Was kannst du tun?
Am besten verankerst Du die Informationen in Deinem Langzeitgedächtnis, wenn Du sie öfter, aber in kürzeren Einheiten wiederholst. Das heißt: besser jeden Tag zum Beispiel eine halbe Stunde Vokabeln lernen, als einmal pro Woche drei Stunden!

Was ist noch zu beachten?
Den Lernprozess kannst Du noch verbessern, indem Du Deinem Gehirn die Information in unterschiedlichen Varianten anbietest. Das erreichst Du am besten dadurch, dass Du unterschiedliche Darstellungs- und Übungs-

formate wählst. So kannst Du zum Beispiel an Tag 1 den zu lernenden Stoff lesen und wichtige Stellen unterstreichen, an Tag 2 die wichtigsten Informationen herausschreiben und mit eigenen Worten formulieren, an Tag 3 diese laut aufsagen, an Tag 4 schriftlich Fragen dazu beantworten, usw.

2.4 Das limbische System

Das limbische System spielt eine wichtige Rolle bei der Übertragung von Informationen ins Langzeitgedächtnis, indem es diese emotional bewertet. Dieses System besteht u. a. aus dem Hippocampus („dem Pförtner") und der Amygdala (der Alarmanlage).

Der Hippocampus entscheidet, ob Informationen ins Langzeitgedächtnis aufgenommen werden oder nicht.

Warum ist das wichtig?

Stell Dir beide folgenden Situationen vor:

- Du sitzt im Hörsaal und hörst einem Vortrag zu. Das Thema interessiert Dich nicht wirklich, der Vortrag wird monoton und ohne jegliche visuellen Hilfsmittel vorgetragen. Es gibt weder nennenswerte Gestik noch Mimik, es werden keinerlei Fragen gestellt.

- Du sitzt immer noch im Hörsaal, es gibt einen weiteren Vortrag. Das Thema ist das gleiche aber dieses Mal wird der Vertrag lebhaft und abwechslungsreich vorgetragen, es gibt eine PowerPoint-Präsentation mit Videoausschnitten, es werden Fragen gestellt.

Nach dem jeweiligen Vortrag sollst Du kurz niederschreiben, was Du Dir gemerkt hast. Höchstwahrscheinlich wirst Du zu dem ersten Vortrag kaum mehr als ein paar Punkte aufs Blatt bringen können, Du kannst Dich an kaum etwas erinnern. Im Gegensatz dazu ist die Menge an Informationen aus dem zweiten Vortrag mit Sicherheit um einiges höher. Ob wir uns Informationen merken oder einfach „abschalten", liegt am Hippocampus. Wenn dieser „gelangweilt" ist, werden keine Informationen mehr weitergeleitet.

Was kannst du tun?

Wenn Du alleine zu Hause lernst, kannst Du die Informationen abwechslungsreicher gestalten, indem Du verschiedene Übungsformate wählst. Selbst kleine Veränderungen, wie mit lauter/leiser oder hoher/tiefer Stimme zu sprechen, können sich schon positiv auf die Lernprozesse im Hippocampus auswirken. In Vorlesungen / Seminaren u. ä. ist dies natürlich nicht so einfach zu bewältigen. Hier kann es helfen, das Vorgetragene in eigenen Worten zusammenzufassen und niederzuschreiben oder sich Fragen zu überlegen (auch wenn Du sie nicht stellen wirst!).

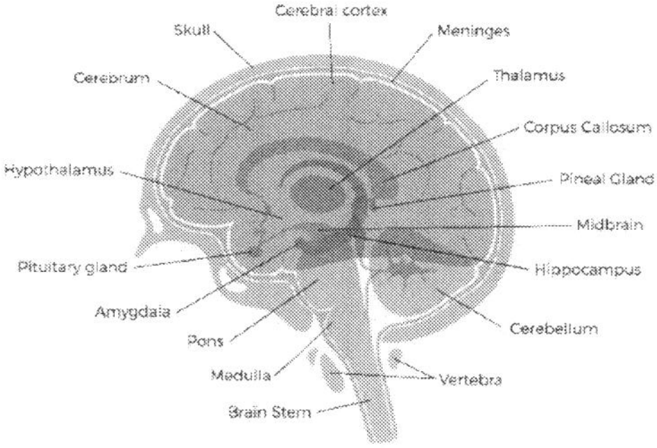

Was ist noch zu beachten?

Der Hippocampus reagiert sehr empfindlich auf Stress, da das Stresshormon Cortisol die Neuronen im Hippocampus schädigt. Du hast sicher schon einmal bemerkt, dass Dein Gedächtnis schlechter funktioniert, wenn Du gestresst bist? Gerade wenn wir von Prüfungsstress sprechen, ist dies besonders hinderlich beim Lernen. Deshalb ist es sehr wichtig, dass Du lernst, mit Stress umzugehen und vor allem in Prüfungszeiten auf Entspannung achtest!

Die Amygdala ist die Alarmanlage unseres Gehirns. Sie beurteilt, ob uns von einer Information / Situation Gefahr droht und mobilisiert unsere Abwehr. Was hat das mit Lernen zu tun? Im Angstzustand sind wir auf Verteidigung/Flucht „programmiert" und nicht darauf, neue Informationen zu verarbeiten. Angst blockiert zudem unsere Kreativität. Deshalb ist eine angstfreie Atmosphäre für das Lernen so wichtig. Hinzu kommt noch, dass das Dopamin, einer der Botenstoffe in unserem Gehirn, für Freude und Glücksgefühl zuständig ist. Wenn jedoch keine Botenstoffe ausgeschüttet werden, dann kann auch keine Information verarbeitet werden.

Warum ist das wichtig?
Wenn Du das Lernen oder die Lernsituation mit Angst und negativen Gefühlen verbindest, wirst Du keinen Lernerfolg haben, da Dein Gehirn keine Informationen aufnimmt.

Was kannst du tun?
Versuche, eine positive Lernumgebung zu gestalten – vielleicht mit leiser Musik, die Du gerne hörst, stell eine Duftlampe auf, lege ein paar Deiner Lieblingskekse bereit … Setze Dir realistische Ziele und belohne Dich selbst, wenn Du sie erreicht hast!

2.5 Unser Gedächtnis lernt im Schlaf

Damit unser Gedächtnis das Erlernte verarbeiten, sortieren und speichern kann, braucht es Schlaf.

Warum ist das wichtig?
Wenn Du Deinem Gehirn nicht genug Schlaf gönnst, weil Du zum Beispiel in der Nacht vor der Prüfung noch durchlernst, kann das Gehirn diese Informationen nicht verarbeiten und sie werden nicht im Langzeitgedächtnis abgespeichert. Achte deshalb auf ausreichend Schlaf – vor allem in der Prüfungszeit!

Was ist noch zu beachten?
Du solltest auch darauf achten, dass Du Dein Gehirn nach dem Lernen nicht mit anderen aufregenden Informationen fütterst. Wenn Du zum Beispiel einen spannenden Krimi anschaust oder ein Computerspiel zockst, das Dich sehr beschäftigt, kann es sein, dass diese Informationen das Gelernte überlagern und die „falschen Informationen" abgespeichert werden.

Abschließend kannst Du Dir also merken: Wenn Du mit Spaß und Freude ans Lernen herangehst, Du Dich mit unterschiedlichen Herangehensweisen mit dem Stoff befasst, regelmäßig lernst und Dich mit dem Gelernten nicht nur vor der Prüfung auseinandersetzt, dann wirst

Du wesentlich bessere Ergebnisse erzielen. Hört sich eigentlich ganz einfach an – in der Theorie. Woran es in der Praxis meistens hapert, ist die nötige Motivation, sich mit dem Lernstoff zu befassen, weil man müde ist, die Sonne scheint, der Stoff langweilig und trocken ist, usw., usw. Deshalb geht es nun im dritten Kapitel darum, wie Du Dich selbst immer wieder zum Lernen motivieren kannst.

3. Dein persönlicher Weg zur/zum Elitestudierenden

In diesem Kapitel erfährst Du, welche Arten von Motivation es gibt, wie Du diese am besten für Deinen Lernerfolg nutzt und wie Du es schaffst, Dich dauerhaft selbst zu motivieren. In der Psychologie unterscheidet man zwischen extrinsischer und intrinsischer Motivation, also der Motivation „von außen“ und der Motivation „von innen“.

Was ist extrinsische Motivation?

Die extrinsische Motivation wird immer durch einen Reiz aus der Außenwelt angeregt. Hinter ihr steht ein Ziel, das man erreichen möchte. Solche Ziele können sein:

- Du studierst, weil Du einen guten Job bekommen möchtest;
- Du lernst auf die Prüfung, weil Du eine gute Note erhalten willst;

- Du gehst nach einer durchtanzten Nacht in die Vorlesung, weil Du Deinen Abschluss machen willst.

Diese Motivation von außen bringt uns also dazu, Dinge zu tun, die wir eigentlich nicht unbedingt tun wollen, aber wozu uns das Ziel motiviert. Leider sind diese Ziele oft abstrakt und in weiter Ferne, sodass es schwierig ist, sich zu motivieren: Z. B. ist in unserem Beispiel mit der durchtanzten Nacht das Bett jetzt so weich, warm und kuschelig, während der Abschluss im ersten Semester noch in so weiter Ferne scheint …

Das Geheimnis hier liegt darin, sich Quellen extrinsischer Motivation zu suchen oder auch selbst zu schaffen, die greifbarer sind und somit mehr Bedeutung für das Hier und Jetzt haben. Generell kann man drei verschiedene Quellen extrinsischer Motivation unterscheiden:

1) Belohnungen;
2) Anerkennung;
3) Negative Konsequenzen.

Oft kommt diese Motivation auch aus dem Umfeld: Vielleicht hast auch Du für gute Noten eine Belohnung (in Form von Geld, neuen Klamotten usw.) von Deinen Eltern bekommen. Sie waren sicher stolz auf Dich, als Du Deinen Schulabschluss gemacht hast – und haben Dich eventuell sogar mit Hausarrest, Taschengeldentzug oder auch „nur“ mit einer Standpauke „bestraft“, wenn es in der Schule nicht so gut lief. Nun kannst Du schlecht ständig Deine Eltern anrufen, wenn Du eigentlich für die nächste Klausur lernen sollst, draußen aber tolles Wetter ist. Wie kannst Du Dich also selbst motivieren?

1) Belohne Dich selbst!
Definiere im Vorfeld ein Ziel: Wenn Du diese Woche die Facharbeit xy fertig schreibst, dann gönnst Du Dir am Wochenende einen Beautytag / eine Kneipentour / einen Einkaufsbummel – oder was Dir sonst Spaß macht!

2) Schenke Dir selbst Anerkennung!
Das zu tun ist leider für die meisten Menschen äußerst schwierig. Dabei ist es sehr wichtig, seine eigenen Leistungen anzuerkennen und zu würdigen! Wenn Du damit Probleme hast, kannst Du zum Beispiel damit anfangen, dass Du Dir abends vor dem Zubettgehen vergegenwärtigst, was Du an diesem Tag alles geleistet und was Du gut gemacht hast. Du wirst merken, dass Dich das wirklich motiviert und in Deinem Vorhaben bestärkt! Ein weiterer Punkt, der Dir helfen kann, Deine eigenen Leistungen besser anzuerkennen, sind To-do-Listen: Erstelle Dir eine Liste mit allem, was Du an dem Tag / in der Woche / in diesem Monat erledigen möchtest und streiche den jeweiligen Punkt aus, sobald Du ihn abgearbeitet hast!

3) Schaffe Dir selbst negative Konsequenzen!

Dafür gibt es mehrere Möglichkeiten:

- Du erzählst zum Beispiel Deinen Freund*innen oder Deiner Familie von Deinen Plänen (z.B. „bis Sonntag habe ich die Facharbeit fertig!") und baust Dir so sozialen Druck auf, da es Dir sicher peinlich sein wird, zuzugeben, dass Du es nicht geschafft hast.

- Du bestrafst Dich selbst: Wenn Du die Facharbeit bis Sonntag nicht abgegeben hast, dann gehst Du nicht auf die Party von XY, auf die Du Dich schon seit Wochen freust.

Die letzte Art extrinsischer Motivation ist sicher die unangenehmste, allerdings funktionieren Druck und Stress bei vielen Menschen als ausgezeichnete Motivationsmittel. Wenn Du diese Tipps umsetzt, fällt es Dir viel leichter, Dinge durchzuziehen, auf die Du im Moment keine große Lust hast! Hierbei geht es nicht darum, dass man sich selbst Angst macht oder einem negativen Druck aussetzt. Denn das wäre ja, wie bereits erwähnt, alles andere als lernförderlich. Vielmehr geht des darum, dass du dir deine selbst gesetzte Belohnung „verdienen" musst. Allerdings gilt bei dieser Methode stets Augenmaß zu bewahren. Zwischen „negativen" Konsequenzen und „positiven" Belohnungen sollte stets eine gute Balance herrschen, damit man selbst zwar diszipliniert, aber auch nicht zu hart mit sich selbst ist.

3.1 Was ist intrinsische Motivation?

Unter intrinsischer Motivation versteht man die Motivation aus sich selbst heraus. Das bedeutet, dass Du im Gegensatz zur extrinsischen Motivation nicht von äußeren Faktoren angetrieben wirst, etwas zu tun, sondern Dir die Angelegenheit einfach Spaß macht, Freude bringt oder Du von ihr einfach begeistert bist.

So verbringst Du vielleicht Stunden vor Deinem Soundsystem, wenn Du Dich fürs Musik machen interessierst, zockst die Nächte durch, liest acht Stunden am Stück in Deinem neuesten Lieblingsbuch oder verbringst jeden Samstagnachmittag auf dem Fußballplatz, auch bei klirrender Kälte oder extremer Hitze.

Auch wenn Deine Freundin / Dein Freund vielleicht genervt die Augen verdreht und lieber die Zeit alleine verbringt als Dir Gesellschaft zu leisten – Dir aber macht das einfach Spaß und Du verbringst gerne Zeit damit.

Ist man intrinsisch motiviert, wird die Angelegenheit also nur um ihrer selbst willen ausgeführt und verfolgt keinen weiteren Zweck oder höheres Ziel, man muss sich nicht selbst überreden oder überwinden, es zu tun.

Natürlich kann man die intrinsische und extrinsische Motivation nicht immer so klar trennen, eine Sache kann auch beide Motivationsarten beinhalten: Wenn Du zum Beispiel gerne kochst, bereitet Dir das Kochen an sich Freude, es macht Dir Spaß. Wenn Dein Partner / Deine

Partnerin vielleicht heute Geburtstag hat, dann kochst Du auch, um ihr/ihm eine Freude zu machen, verfolgst also ein Ziel und bist somit gleichzeitig auch extrinsisch motiviert. Was hat das Ganze mit dem Lernen zu tun?

Stell Dir vor, wie toll es doch wäre, wenn Du mit derselben Freude und Leichtigkeit für Deine Prüfungen lernen könntest, die Du empfindest, wenn Du X-Box spielst, Shoppen gehst, Netflix guckst oder was auch sonst Dir Spaß macht! Deshalb betrachten wir nun im Weiteren, wie Du Dich selbst intrinsisch motivieren kannst. Bleiben wir dabei bei unserem Beispiel: Du möchtest Dich motivieren, jeden Tag für Dein Studium zu lernen.

Diese Tipps helfen Dir dabei:

1. Sorg' für gute Laune

Wenn Du gut gelaunt bist, hast Du generell mehr Spaß an dem, was Du machst und Du bist dabei auch noch gleichzeitig viel produktiver.Am besten funktioniert das, wenn Du vor dem Lernen noch etwas Zeit mit Dingen oder Menschen verbringst, die Du gern hast.

Mach zum Beispiel einen Spaziergang mit Deinem Hund und/oder Freund*innen, iss etwas Leckeres oder schau Dir die neusten Katzenbilder auf Facebook oder Instagram an!

2. Verbinde das Lernen mit etwas, das Dir Spaß macht oder Freude bringt:

- Lerne in einer Lerngruppe mit Kommiliton*innen, wenn Du gerne unter Menschen bist und Freude am Austausch hast;
- Höre beim Lernen Deine Lieblingsmusik;
- Mache Dir einen leckeren Cappuccino oder Chai, den Du während des Lernens genüsslich trinken kannst;
- Stell ein paar Deiner Lieblingspralinen bereit und genieße sie, während Du an Deinen Aufgaben sitzt!

3. Wecke Deine Neugierde

Du fragst Dich jetzt vielleicht, wie das denn gehen soll, wenn Du vor einem extrem trockenen Thema sitzt, das Dich nicht wirklich groß interessiert und das Du eigentlich nur hinter Dich bringen willst. Aber: An jedem Thema kann man etwas Interessantes finden! Wenn Du zum Beispiel alle Etappen über den Napoleonfeldzug mit sämtlichen Schlachten, dazugehörigen Generälen usw. lernen musst, stell Dir doch einfach mal vor, wie Du als einfacher Soldat zu dieser Zeit unterwegs gewesen wärst:

- Auf welcher Seite hättest Du gestanden?
- Welche Überzeugung hättest Du vertreten?
- Wie wärst Du gekleidet gewesen, was hättest Du gegessen, wie hätte Dein Leben vor und nach dem Krieg ausgesehen?
- Wie hättest Du überlebt?
- Usw.

Wenn Du Dir jetzt denkst, dass das doch eigentlich verlorene Zeit ist, die Du in diese Gedankenspiele steckst, möchte ich Dich an Deinen Hippocampus erinnern! Der funktioniert nämlich, wie wir bereits besprochen haben, auch nur, wenn er nicht gelangweilt ist – und Informationen, die wir mit Emotionen verbinden, können wir uns wesentlich besser merken.

4. Nimm Dir nicht zu viel auf einmal vor!

Oft wagen wir uns nicht an Aufgaben heran, weil uns diese viel zu groß erscheinen, um sie bewältigen zu können. Nimm Dir also nicht vor: „die Semesterarbeit schreibe ich heute komplett runter“, sondern: „Heute erstelle ich die Gliederung und sammle Stichpunkte“. So fühlst Du Dich nicht von der Aufgabe erschlagen und bleibst motiviert, sie auch zu erledigen. Wenn Du dann im Schreibflow bist und sie doch komplett aufs Blatt bringst – umso besser! Generell gilt also: Plane in kleinen

Schritten, die Du auch vom Zeitumfang einschätzen kannst und mit Puffern, damit Du entspannt und ruhig arbeiten kannst und nicht plötzlich unter Zeitdruck und Stress stehst!

5. Versuche etwas Schönes an der Aufgabe zu finden!

Mal ganz ehrlich: Du hast Dich ja nicht einfach nur so für dieses Studium entschieden – sondern weil es irgendwie mit etwas zu tun hat, dass Dir Spaß macht. Konzentriere Dich beim Lernen genau auf diesen Aspekt! Wenn Du also gerne schreibst oder mit Zahlen hantierst, Dir die Recherchearbeit an sich oder das Lösen von kniffligen Aufgaben Freude bereitet – setz Deinen Fokus genau darauf! Dann geht Dir auch das ganze „Drumherum" leichter von der Hand.

6. Erkenne den Sinn für Dich

Manchmal erscheinen Aufgaben, die man zu erledigen hat oder Stoff, den man lernen muss, absolut sinnfrei. Da ist es natürlich schwierig mit der Selbstmotivation. Versuche deshalb immer auch einen Sinn für Dich zu finden! Dieser muss nicht unbedingt mit Deinem Studium oder Deinem Traumberuf zu tun haben. Vielleicht bringt Dich dieses neu erworbene Wissen oder Können auch privat weiter, weil es Deinen Wissensradius vergrößert, Dir hilft, die Welt, in der wir leben, besser zu verstehen, Du Dich mit einer Dir sehr fremden Weltsicht auseinandersetzen kannst und so die Gegenseite besser versteht, Zusammenhänge besser nachvollziehen kannst, usw. usw.! Mach Dir diesen immer wieder bewusst und Du wirst merken, dass es Dir leichter fallen wird, diese Aufgabe zu erledigen oder Dich mit dem Thema zu befassen.

7. Sei dankbar!

Gerade wenn Du absolut unmotiviert bist und Dich wirklich alles nervt, was auch nur im Entferntesten mit der Uni zu tun hat: Mach´ Dir klar, dass Du es im Vergleich mit vielen anderen Menschen eigentlich sehr gut hast: Du kannst studieren, Dich auf Deinen Traumberuf vorbereiten, bekommst Bafög oder Unterstützung durch Deine Eltern, bist krankenversichert und hast ein WG- oder Wohnheimzimmer oder sonst ein Dach über den Kopf – während Millionen von Menschen auf der Flucht sind, unter Krankheit oder Hunger leiden oder schlicht und ergreifend täglich um ihr Überleben kämpfen müssen. Auch wenn Du jetzt vielleicht denkst: „Ja diese Leier wieder!" – wenn Du Dir das wirklich bewusst machst und mal nüchtern über die Alternativen zu Deinem Leben nachdenkst, wirst Du feststellen, dass es bei Weitem schlimmer hätte kommen können und Du genug Grund hast, dankbar zu sein. Dieses Gefühl der Dankbarkeit wird Dir helfen, Dich während Deines Studiums zu motivieren!

8. Schaffe positive Emotionen!

Du hast so absolut gar keine Lust, mit der Facharbeit anzufangen, weil das so gar nicht Dein Thema ist? Lobe Dich selbst dafür, dass Du Dich trotzdem an den Schreibtisch setzt und anfängst, Material zu sichten oder die Gliederung erstellst. Das hast Du doch wirklich toll gemacht! Gelobt zu werden, erweckt positive Emotionen in uns – und dieses tolle Gefühl motiviert Dich, dranzubleiben.

9. Besinne Dich darauf, dass Du das alles freiwillig machst!

Der Unterschied zwischen Studium und Schule ist, dass Dich niemand zum Studieren gezwungen hat. Du bist ein erwachsener Mensch, triffst Deine eigenen Entscheidungen und wenn Du nicht mehr studieren willst, packst Du eben Deine Sachen und bewirbst Dich um einen Job – zum Beispiel bei der Post, bei der Müllabfuhr oder bei der Straßenreinigung. Versteh mich jetzt bitte nicht falsch – alle diese Jobs sind wichtig und nützlich! Aber ohne Ausbildung sind Deine Chancen auf einen guten Job relativ begrenzt. Mach Dir also bewusst, dass das Studium Deine eigene und freie Entscheidung ist und dass Dich niemand dazu zwingt! Was Dir das bringt? Ganz einfach: Intrinsische Motivation funktioniert nur, wenn Du nicht das Gefühl hast, gezwungen zu sein, etwas zu tun. Ruf Dir also immer wieder ins Bewusstsein, warum Du Dich für dieses Studium entschieden hast, und halte Dir diese Gründe immer wieder vor Augen, gerade wenn Du so gar keine Lust mehr aufs Studieren hast.

10. Verbinde Dein Selbstbild mit Deinem Studium!
Dieser letzte Punkt baut auf dem vorherigen Punkt auf: Identifiziere Dein Selbstbild mit dem, was Du tun musst! Überlege Dir zum Beispiel, was erfolgreiche Studierende so tun, um gute Noten zu erhalten und ihr Studium abzuschließen und sag Dir dann immer wieder selbst: „Ich tue das, weil ich ein erfolgreicher Student / eine erfolgreiche Studentin bin". Wenn Du Dir das immer wieder vorbetest, wirst Du diese Haltung verinnerlichen und Du wirst merken, dass Du motivierter bist, die jeweilige Tätigkeit auch auszuführen! Wenn Du diese 10 Tipps umsetzt, wirst Du feststellen, dass Deine intrinsische Motivation steigt und Du mit mehr Freude und Spaß am Lernen bist. Am besten verbindest Du beide Motivationsarten (die äußere und die innere Motivation) miteinander, da sie sich gegenseitig beeinflussen: Wenn Du verstehst, wie Du Deinen inneren Schweinehund durch die intrinsische Motivation überwinden kannst und auch noch gleichzeitig weißt, dass beim rechtzeitigen Fertigstellen z.B. der Facharbeit auch noch ein Spa-Tag mit Deiner besten Freundin / ein Kneipenarbeit mit Deinen Kumpels / usw. winkt, dann bist Du im wahrsten Sinne des Wortes doppelt motiviert!

4. Fokus beim Lernen – vorbei mit Ablenkungen!

Nun bist Du eigentlich ausreichend motiviert, trotzdem schaffst Du kaum etwas von Deinem Pensum? Kaum setzt Du Dich an den Schreibtisch, ertappst Du Dich dabei, dass Deine Gedanken ständig abschweifen? Dann solltest Du Dir Gedanken über Deinen Fokus machen. Wenn Du nicht konzentriert lernen kannst, kann das die unterschiedlichsten Ursachen haben. Diese werden wir im Weiteren genauer betrachten. Das Problem mit der Konzentration ist jedoch, dass man sie nicht erzwingen kann - man ist ja nicht absichtlich leicht ablenkbar. Du kannst jedoch einiges dafür tun, Dich besser konzentrieren zu können!

Was Du sofort umsetzen kannst:

- Ausreichend Schlaf: Wer müde ist, kann sich nicht konzentrieren!
- Gesunde Ernährung: Damit unser Gehirn optimal funktionieren kann, braucht es Omega-3-Fettsäuren (z.B. aus fettem Fisch oder Nüssen), Eisen (z.B. dunkles Fleisch, Erbsen, Bohnen,
- Linsen), ungesättigte Fettsäuren (z.B. Avocados), Vitamin B, Lecithin und Cholin (z.B. in Eiern, Sojaprodukten), Calcium (z.B. Milch, Käse), usw.
- Genügend Bewegung: Bewegung ist wichtig für die Durchblutung und die Sauerstoffzufuhr. Außerdem beugst Du dadurch Rücken- und anderen Schmerzen vor, die vom vielen Sitzen verursacht werden.
- Gönn Dir auch Entspannung! Wer viel lernt, braucht auch eine Auszeit! Dadurch sinkt Dein Stresslevel, steigt Deine Laune und Du tankst viel positive Energie!
- Hör' Musik, wenn Du das möchtest: Forscher haben herausgefunden, dass klassische oder generell langsame Musik (56-64 Beats pro Minute) eine konzentrationsfördernde Wirkung haben kann. Diese Methode funktioniert sicherlich nicht für jeden, aber für einige klappt sie ausgezeichnet!

- Äußere Ablenkungen: Verbanne alles, was Dich leicht ablenkt, während Du lernst. Schalte Dein Handy ab oder auf lautlos, und schalte den Fernseher aus! Wenn Du merkst, dass Du ziemlich viel Zeit am Handy verbringst, dann habe ich folgende Tipps für Dich, die Dir dabei helfen können, Dein Handy während Deiner Lernzeit zu „vergessen":

- Stelle die Benachrichtigungstöne auf leise und die Push-Nachrichten ab!

- Hast Du ein neueres Android-Handy? Dann kannst Du Dir mit der Funktion „Konzentrationsmodus" für eine von Dir festgelegte Zeit Deine Apps sperren lassen und so diese nicht mehr benutzen. Mit einem neueren iOS-Gerät kannst Du das mit der Funktion ‚Auszeit' (Unter Einstellungen □ Bildschirmzeit □ Auszeit & App-Limits) einstellen.

- Wenn Dein Handy diese Funktionen noch nicht unterstützt oder Du etwas mehr Motivation brauchst, möchte ich Dir die App „Forest" empfehlen. Hiermit kannst Du sowohl Deinen Handygebrauch kontrollieren wie auch (in der Pro-Version) die Umwelt unterstützen. In der kostenlosen Variante wächst ein Bäumchen heran, solange Du das Handy nicht nutzt. Diesen Baum pflanzt Du dann in Deinem eigenen virtuellen Wald. In der

Pro-Version kannst Du durch Verzicht auf Dein Handy auch richtige Bäume pflanzen. Diese App funktioniert sowohl auf Android als auch iOS-Geräten.

- Alternativ kannst Du mit der App ‚Cleverest' durch Deine handyfreie Zeit auch einen Avatar füttern und glücklich machen.
- Wenn Du Dein Handy nicht vollkommen sperren willst, weil Du bestimmte Funktionen einfach brauchst und gleichzeitig noch zum Sport motiviert werden möchtest, solltest Du Dir ‚App-Detox' etwas genauer anschauen. Du kannst damit genau festlegen, wie lang Du bestimmte Apps täglich nutzen möchtest oder ihre Nutzung innerhalb eines konkreten Zeitraums unterbinden. Ein sportlicher Nebeneffekt ist, dass Du die App auch so einstellen kannst, dass sie Dir die App erst freigibt, wenn Du eine bestimmte Anzahl von Schritten gemacht hast. Diese App ist kostenlos für Android-Handys erhältlich.
- Innere Ablenkungen: Wenn Du Sorgen oder Ängste hast, jemand aus Deiner Familie krank ist oder sonstige Belastungen vorliegen, hat das auch Einfluss auf Dich und Deine Konzentration. Gesteh Dir Deine Gefühle ein und versuche Lösungen zu finden, so dass Du mit ihnen leben kannst.

Oft hilft es, mit anderen Menschen darüber zu sprechen oder ein Tagebuch zu führen, in welchem Du Dir Deine Gefühle von der Seele schreibst!

Achtung: Ernsthafte Konzentrationsstörungen können auch ein Hinweis für eine Erkrankung oder ein Burn-out sein. Lass Dich bei längerfristigen Problemen unbedingt von einem Arzt untersuchen! In den folgenden Kapiteln geht es darum, wie Du mit Prokrastination umgehst, Deine Arbeitsumgebung optimal gestaltest, Prioritäten setzt und Deine Zeit richtig einteilst. All diese Aspekte werden Dir dabei helfen, Dich besser zu konzentrieren und den Fokus ganz auf Dein Studium setzen zu können!

5. Tricks gegen die PROKRASTINATION

„Was Du heute kannst besorgen,
das verschiebe nicht auf morgen!"

Wenn das immer so einfach wäre, gäbe es dieses Kapitel nicht. Unter Prokrastination, auch „Aufschieberitis" genannt, versteht man laut Duden „das Verschieben, Aufschieben von anstehenden Aufgaben, Tätigkeiten"[5].

5 Duden. (o. D.). Prokrastination

Vielleicht ist es Dir ja auch schon einmal so ergangen? Du hast Dir am Wochenende sehr motiviert eine lange To-do-Liste erstellt, mit all den Dingen, die Du in dieser Woche erledigen möchtest, vielleicht sogar schon mit detailliertem Tagesplan oder gar online mit Programmen wie „Trello Boards“? Dann verging die Woche und am Freitagabend waren vielleicht 20 % der Wochenaufgaben erfüllt? Und der Satz, den Du die Woche über am öftesten gedacht hast, lautete: „Ach, das mache ich morgen!“ Wenn Dir das bekannt vorkommt, solltest Du dieses Kapitel unbedingt aufmerksam durchlesen - heute und nicht morgen!

Die Gründe für die Prokrastination sind vielfältig. Oft steht Prokrastination im Zusammenhang mit dem Gefühl der Überforderung, Angst vor dem Scheitern in einer bestimmten Situation oder beim Erfüllen einer Aufgabe. Man lenkt sich deshalb lieber mit anderen Dingen ab, um sich nicht mit diesen Gefühlen auseinandersetzen zu müssen. Dieses Verhalten wird Regression (lat., „zurückgehen“) genannt, da man die Problemsituation lieber verdrängt, anstatt sich mit dieser auseinanderzusetzen. Eng verbunden mit diesem Verhalten ist ein weiterer Abwehrmechanismus, die Abwertung. Dabei versucht das Unterbewusstsein, das eigene Verhalten zu rechtfertigen, weil man sich nicht eingestehen möchte, dass etwas nicht so läuft, wie es sollte. Jedoch sucht man dabei meist die Schuld bei anderen und nicht bei sich selbst, so dass man sich auch weiterhin mit den eigentlichen Ursachen (Angst, Überforderung) nicht auseinandersetzen muss – dies nennt man Projektion.

Ein Beispiel gefällig?
Einer meiner WG-Bewohner hatte das ganze Semester eine Vorlesung besucht, zu der es kaum zusammenfassendes publiziertes Material gab, sondern nur einzelne Informationen zu den unterschiedlichen Themen in sehr vielen unterschiedlichen Quellen. Eine mündliche Prüfung stand an, dazu war der Professor auch noch für seine strenge Notengebung bekannt.

Mein Mitbewohner war sich durchaus im Klaren, dass er das ganze Literaturverzeichnis der Vorlesung durcharbeiten musste, um eine Chance zu haben, die Prüfung zu bestehen. Die Bücher lieh er sich aus, jedoch stapelten sich diese ungelesen von Verlängerung zur Verlängerung auf seinen Schreibtisch. Die Prüfung rückte näher, seine Panik wuchs, sein Unwillen, den Stoff endlich in Angriff zu nehmen, stieg ins Unermessliche … dafür waren nun plötzlich alle anderen schuld: Der blöde Professor, die dumme Studienordnung, die ihn zwang, dieses Fach zu belegen, sogar ich mit meinen doofen Angeboten ihn beim Lernen zu unterstützen …

Wichtig ist deshalb, dass Du Dein eigenes Problem entdeckst – warum macht Dir das Lernen für diese Prüfung / die Vorbereitung auf dieses Seminar usw. solche

Probleme? Hast Du vielleicht Angst, vor Deinen Kommiliton*innen ein Referat zu halten? Erscheint Dir das Stoffgebiet zu groß und zu schwer verdaulich? Bist Du in Mathematik vielleicht nicht so fit, wie Du Dir selbst vormachst? Entspricht Dein Englisch einfach nicht den Anforderungen, die Du erfüllen musst, um die Prüfung zu bestehen? Geh in Dich und reflektiere ausführlich, warum Du dieses Problem hast und vor allem – sei ehrlich zu Dir selbst!

Achtung: Wenn Du Dir die Fragen über die Ursache Deiner Prokrastination wirklich aufrichtig beantwortest, kann das sehr schmerzhaft sein und Wut, Enttäuschung und sonstige negative Emotionen hervorrufen! Leider führt kein Weg daran vorbei. Wenn diese Gefühle sehr ausgeprägt sind, suche Dir am besten professionelle Hilfe! Im Weiteren erfährst Du, welche Facetten von Prokrastination es gibt und was Du außer dem gerade Besprochenen noch tun kannst, um Dich selbst auf Deinem Weg, dieses Verhalten abzustellen, zu unterstützen.

„Ich muss erst noch den Müll rausbringen / den Schreibtisch aufräumen / die Bücher sortieren …“

Das Problem

Die gestellte Aufgabe scheint viel zu groß und schwierig, um sie anzugehen. Deshalb sucht man sich kleinere und leichter zu bewältigende Tätigkeiten, um eine Rechtfertigung sich selbst und anderen gegenüber zu haben, warum man die Aufgabe noch nicht angehen konnte. Ist Deine Wohnung gerade in Prüfungszeiten blitzsauber? Dann weißt Du, was ich meine.

Die Lösung

Zerlege große Aufgaben in kleine, die leichter überschaubar sind und Dir weniger Unbehagen bereiten. Um bei der Facharbeit zu bleiben: Notiere Dir nicht „Facharbeit fertigstellen", sondern teile diese Aufgabe in viele kleine Unterpunkte: Gliederung erstellen, Material sammeln, Bücher in der Bibliothek ausleihen / bestellen, Stichpunkte zu Kapitel 1, 2,3 … sammeln, erstes Kapitel schreiben, usw. Somit werden die Aufgaben überschaubar und greifbar und Du fühlst Dich nicht überfordert!

„Ich hab noch sooo lange Zeit …"

Das Problem

Die Frist, bis die Aufgabe erfüllt sein muss, scheint in weiter Ferne. Es gibt also noch genug Zeit zur Fertigstellung und man kann sich bis dahin den „angenehmen Dingen des Lebens" widmen. Bis man eines Morgens aufwacht und feststellt, dass die Frist morgen verstreicht und man nun wahnsinnige Panik hat, da einem bewusst wird, dass die Aufgabe nun kaum mehr zu bewerkstelligen ist. Das Hauptproblem hier ist also ein schlechtes

Zeitmanagement: Entweder kann man seine eigene Arbeitszeit schlecht einteilen oder man unterschätzt den Arbeitsaufwand zur Erfüllung der Aufgabe.

Die Lösung

- Arbeite an Deinem Zeitmanagement! Mehr dazu erfährst Du im Kapitel ‚Zeitmanagement'.
- Setze Prioritäten! Mehr dazu findest Du im Kapitel ‚Priorisieren leicht gemacht'.

„Ich muss mir erst noch meine Liste machen …"

Das Problem

Du hast für alles eine Liste, deine To-do-Liste umfasst jeden Bereich Deines Lebens und geht ins letzte Detail – nur hilft sie Dir nicht dabei, die wichtigen Dinge endlich mal anzugehen.

Die Lösung

Du liebst das Gefühl, Deine Liste abzuhaken, weil es Dir das Gefühl gibt, etwas zu leisten? Nur ist am Ende des Tages wieder nur eigentlich nebensächliches abgehakt, die wirklich wichtigen Dinge überträgst Du aber jedes Mal wieder auf eine neue Liste? Dann fang doch am Morgen als Erstes einmal mit den Aufgaben an, die Du täglich aufs Neue vor Dich hinschiebst!

„Ich bin gut im Multitasking …“

Das Problem

Der Mythos vom Multitasking hält sich hartnäckig. Dabei ist längst erwiesen, dass unser Gehirn nicht für Multitasking ausgelegt ist. In Wahrheit ist es oft so, dass wir zwar viele Projekte beginnen, jedoch keines zu Ende bringen. Das eigentliche Problem allerdings ist, dass Du von den einzelnen Aufgaben entweder zu schnell gelangweilt / abgelenkt bist, so dass Du ständig etwas Neues beginnst oder Du nicht zwischen den einzelnen Projekten priorisieren kannst und deshalb versuchst, sie alle gleichzeitig zu erledigen.

Die Lösung

Im ersten Fall hilft es Dir vielleicht, eine Lerngruppe zu finden, in welcher Du mit anderen gemeinsam an einer Fragestellung arbeiten kannst, sodass Du neuen Input bekommst, wenn Du nicht mehr weiter weißt. Durch die Gruppenarbeit bleibst Du auch länger auf ein Thema fokussiert, da Du nicht einfach zum nächsten Projekt switchen kannst. Im zweiten Fall solltest Du Dich mit der Priorisierung Deiner Aufgaben beschäftigen und diese dann Schritt für Schritt nacheinander, statt gleichzeitig, abarbeiten.

„Ich lese nur noch diesen Post / beantworte diese Message …"

Das Problem

Kaum hast Du Dich an Deinen Schreibtisch gesetzt, piept das Handy. Du denkst: „Ich beantworte nur noch diese Nachricht", scrollst dann noch schnell durch Deinen Instagram-Account, ein Comment hier, ein Like da, jetzt noch ein lustiges Katzenvideo - und schon sind Stunden vergangen und Du hast wieder einmal nichts geschafft.

Die Lösung

Begrenze Deine Zeit auf den sozialen Netzwerken! Nimm Dir bewusst eine Auszeit, wenn Du Dich an den Schreibtisch setzt - schalte das Handy leise und lese auch während dieser Zeit weder Nachrichten auf WhatsApp noch E-Mails!

Wenn Du diese fünf Punkte beachtest, dann wirst Du merken, dass Du wesentlich weniger Dinge vor Dir herschiebst und Deine Fristen besser einhalten kannst!

6. Die perfekte Lernumgebung!

Jetzt haben wir die Gründe Deiner Prokrastination beleuchtet, Du hast Dich extrinsisch und intrinsisch motiviert, mit dem Lernen klappt es trotzdem immer noch nicht? Dann sollten wir Deine Lernumgebung genauer unter die Lupe nehmen. Im Folgenden findest Du 9 einfache Tipps, die Dir helfen, diese optimal zu gestalten!

6.1 Der richtige Ort

Du lernst am liebsten in der Kneipe um die Ecke, in der sich alle Deine Freunde regelmäßig treffen, es ist gefühlt immer spätabends ist, weil das Licht immer gedimmt ist und harte Beats aus den Boxen knallen? Dann muss ich Dich leider enttäuschen: Das ist nicht unbedingt der richtige Ort zum Lernen! Ein optimaler Lernort sollte zwar natürlich ein Platz sein, an dem Du Dich wohlfühlst – aber dazu auch noch folgende Voraussetzungen erfüllen:

- er sollte Dich bereits mental auf das Lernen einstellen, Bibliotheken oder Dein eigener Schreibtisch sind dafür gute Orte;
- er sollte die passende Beleuchtung haben, so dass Du Deine Unterlagen problemlos lesen kannst;
- auch ein sich ständig verändernder Hintergrund kann Deine Aufmerksamkeit unbewusst immer wieder ablenken. Vermeide daher Orte, an denen viel Bewegung herrscht oder das Licht flackert!
- vergiss das Lüften nicht! Ausreichend viel Sauerstoff ist wichtig für das Gehirn und unterstützt somit den Lernprozess. Am besten lüftest Du jede halbe Stunde für ein paar Minuten!
- auch Duftkerzen oder Räucherstäbchen können förderlich für Deinen Lernprozess sein!

6.2 Der passende Bildschirm

Als Student*in verbringst Du sicher viel Zeit vor dem Bildschirm. Dabei solltest Du unbedingt darauf achten, dass dieser augenschonend ist, sonst strengt Dich die Arbeit zu sehr an und schadet außerdem Deinen Augen! Auch wenn Du beim Lernen oft Kopfschmerzen bekommst, kann es am Bildschirm liegen. Am besten verwendest Du einen Monitor mit Blaulichtfilter, mattem Display und hohem Kontrast!

6.3 Geräusche & Co.

Ob Du Geräusche als störend oder eher hilfreich empfindest, hängt individuell von Dir ab. Es gibt Menschen, die das kleinste Geräusch als extrem störend empfinden und andere, die absolute Stille nur schwer ertragen können. Hier experimentierst Du am besten etwas, um die optimale Geräuschkulisse für Dich selbst zu finden. Bist Du sehr lärmempfindlich, kauf Dir entweder Ohrstöpsel oder geräuschunterdrückende Kopfhörer.

Auch was Musik betrifft, gehen die Meinungen auseinander. Hier gilt ebenso: Ausprobieren, ob und welche Musik Deinen Lernprozess fördert!

6.4 Social Media

Einig dagegen sind sich die Expert*innen, was den Konsum von Social Media und Kommunikationsnetzwerken angeht. Ständige Ablenkung durch neue Nachrichten, auch das ständige Piepsen oder Aufleuchten des Smartphones wirken sich negativ auf Deine Konzentration und somit auf Dein Lernergebnis aus! Schalte deshalb Dein Handy aus oder zumindest auf lautlos!

6.5 Dein Schreibtisch

Wie sieht Dein Arbeitsplatz aus? Stapeln sich leere Pizzaschachteln, Kaffeetassen, Aschenbecher? Dann solltest Du erst einmal aufräumen! Achte darauf, dass sich an Deinem Arbeitsplatz nur die Dinge befinden, die Du zum Lernen auch wirklich brauchst! Lege Dir auch alle Bücher, Unterlagen usw. bereit, damit Du nicht ständig aufstehen musst, um etwas aus dem Regal zu holen. Denke auch an gespitzte Stifte, funktionierende Kugelschreiber und was Du sonst noch alles zum Lernen brauchst!

6.6 Deine Verpflegung

Ein paar Snacks und etwas zu trinken solltest Du auf jeden Fall bereitstellen, mit knurrendem Magen und Durst bist Du nicht wirklich produktiv! Es ist wissenschaftlich erwiesen, das Trinken die Konzentration und die Leistungsfähigkeit steigert: Unser Blut besteht zu 90 % aus Wasser und ist für den Sauerstofftransport in unser Gehirn verantwortlich. Trinken wir zu wenig, verdickt unser Blut und das Gehirn wird nicht mehr ausreichend mit Sauerstoff versorgt.

6.7 Dein Zeitlimit

Oft blockiert uns die Vorstellung, dass man nun stundenlang durchlernen müsste so sehr, dass wir gar nicht damit anfangen. Was kannst Du dagegen tun?

Setz Dir ein Zeitlimit, in dem Du nichts anderes tust, als zu lernen. Übertreibe es am Anfang nicht! Du kannst mit einer halben Stunde am Stück anfangen und Dich dann langsam steigern. Mache dann eine Pause und nimm Dir dann den nächsten Zeitblock vor!

Am besten nutzt Du einen Wecker oder einen Timer, damit Du nicht ständig auf die Uhr schauen musst.

6.8 Bewegung

Da das Lernen meistens im Sitzen stattfindet, ist es sinnvoll, die Pausen zwischen Deinen Lern-Zeitblöcken für etwas Bewegung zu nutzen. Mach etwas Gymnastik, geh an die frische Luft oder treib´ regelmäßig Sport! Das alles fördert Deinen Kreislauf und gibt Dir somit auch frische Energie!

Wenn Du diese Tipps beherzigst, wirst Du merken, dass Dir das Lernen viel leichter fällt und Du Dein Pensum wesentlich besser bewältigen kannst!

7. Priorisieren – wie Du Deine Zeit optimierst!

Bevor wir uns im nächsten Kapitel mit dem Thema „Zeitmanagement“ beschäftigen, müssen wir uns erst noch einem anderen wichtigen Aspekt widmen: der Priorisierung von Aufgaben. Du wirst nämlich feststellen müssen, dass ein effektives Zeitmanagement, das Dir hilft, effizient mit Deiner Zeit umzugehen, nur möglich ist, wenn Du weißt, welche Aufgaben oberste Priorität haben und welche Du erst einmal vernachlässigen kannst. Unter „Priorisierung“ versteht man laut Duden etwas „in eine Rangfolge bringen, mit unterschiedlicher Priorität versehen“. Damit Dir dies einfacher fällt, möchte ich Dir drei Methoden vorstellen, mit deren Hilfe Du das umsetzen kannst. Es gibt leider keine „ideale Methode“, die für alle Menschen gleich gut funktioniert, deshalb rate ich Dir, sie einfach auszuprobieren und diejenige herauszufinden, mit welcher Du am besten zurechtkommst. In vielen Einordnungen werden das Eisenhower-Prinzip und das ABC-Prinzip bereits zum

Zeitmanagement gezählt, bzw. Methoden, die ich unter Zeitmanagement aufgeführt habe, zur Priorisierung gezählt. Die Übergänge sind oft fließend, da Du Deine Zeit ohne Priorisierung nicht sinnvoll einteilen kannst.

7.1 Das Eisenhower-Prinzip

Dieses Prinzip ist nach dem US-Präsidenten Dwight D. Eisenhower benannt und findet auch im Zeitmanagement Anwendung. Mit dieser Technik sollen Aufgaben in vier Kategorien eingeteilt werden, um so besser verstehen zu können, was gerade oberste Priorität hat. Dazu teilt man die Aufgaben nach den Parametern „Wichtigkeit" und „Dringlichkeit" ein: Die Wichtigkeit der Aufgabe wird nach ihrem Mehrwert zur Erreichung eines Ziels erreicht, die Dringlichkeit nach der Frist, die zu ihrer Erfüllung gesetzt ist. Schauen wir uns das einmal in folgendem Beispiel an:

Jana studiert BWL im zweiten Semester, welches bereits zur Hälfte um ist. Ihr festgesetztes Ziel ist es, ihr Bachelorstudium erfolgreich abzuschließen. Dafür muss sie in diesem Semester noch:

- eine Hausarbeit schreiben, die Abgabefrist ist zum Ende des Semesters;
- ein Referat zu einem anderen Themengebiet vorbereiten und in zwei Wochen halten;

- eine Prüfung in einem weiteren Fach ablegen und sich dazu vorbereiten. Die Prüfung findet in der Prüfungszeit statt.

Außerdem hat ihr Freund Jonas nächste Woche Geburtstag und sie will ihn mit einem selbstgemachten Geschenk überraschen, hat aber noch keine Idee dafür.In einem Jahr möchte sie mit ihrer Freundin Susan für zwei Wochen nach Bali fahren. Was denkst Du, wenn man Jana nun fragt, was sie diese Woche tun wird - wie hoch ist die Wahrscheinlichkeit, dass sie mit Geburtstagsvorbereitungen beschäftigt ist?

Betrachten wir nun einmal die Situation mit Hilfe des Eisenhower-Prinzips:

Wichtigkeit	Wichtig, aber nicht dringlich: Prüfungsvorbereitung Hausarbeit schreiben	Wichtig & dringlich: Referat vorbereiten
	Weder wichtig, noch dringlich: Urlaubsfahrt mit Susan	Nicht wichtig, aber dringlich: Geburtstag vom Jonas
	Dringlichkeit	

So hart es auf den ersten Blick scheinen mag: Der Geburtstag von Jonas hat für das gesetzte Ziel (erfolgreicher Bachelorabschluss) keinerlei Bedeutung und ist deshalb auch nicht wichtig. Jana sollte also als Erstes all ihre Zeit und Energie dafür nutzen, sich optimal auf das Referat vorzubereiten. Als Zweites sollte sie einen exakten Zeitplan erstellen, wie sie sich auf die Prüfung vorbereiten und die Hausarbeit schreiben kann.

Natürlich bedeutet es nicht, dass der arme Jonas nun kein Geburtstagsgeschenk bekommen sollte – aber dies darf nicht die Priorität von Janas „Arbeitswoche" als Studentin darstellen!

7.2 ABC-Prinzip

Das ABC-Prinzip ist eine Variante des Eisenhower-Prinzips, bei der Du alle Aufgaben in 3 Gruppen unterteilst:

- Aufgaben der Kategorie A müssen so schnell wie möglich erledigt werden;
- Aufgaben der Kategorie B sind wichtig, aber nicht dringend;
- Aufgaben der Kategorie C sind Routine-Aufgaben, die weder dringlich noch wichtig sind.

Wichtig bedeutet dabei, dass sie zur Erreichung des übergeordneten Ziels wichtig sind! Das Problem, das nun deutlich wird, ist:

Auf die Aufgaben der Kategorie A fallen meistens nur 15 % der gesamten zur Verfügung stehenden Zeit ab, auf die der Kategorie B 25 % und auf die der Kategorie C sogar 60 %! Das bedeutet, wir verbringen also 85 % unserer Zeit mit Aufgaben, die für die Erreichung unseres Ziels nicht primär wichtig sind.

Das Ziel Deiner ABC-Analyse sollte nun sein, Deine Zeit so einzuteilen: 70 % der zur Verfügung stehenden Zeit fallen auf Aufgaben der Kategorie A ab, 20 % auf die der Kategorie B und 10 % auf die Kategorie C.

Am besten funktioniert die ABC-Methode, wenn Du Dir einen Wochenplan erstellst und die zum Lernen zur Verfügung stehende Zeit einträgst, in die drei Kategorien einteilst und farbig markierst!

Nehmen wir als Beispiel eine Woche in der vorlesungsfreien Zeit, in der Du den ganzen Tag Zeit zum Lernen hast und Du Dir den Sonntag freihältst. Angenommen, Du lernst in 5 Lernblöcken mit je einer halben Stunde Pause für Essen, Bewegung usw.:

	Mo.	Di.	Mi.	Do.	Fr.	Sa.
8:00 - 9:30	A	A	A	A	A	C
10:00 -11:30	A	A	A	A	A	C
12:00 -13:30	A	A	A	A	A	C
14:00 -15:30	A	A	A	A	A	B
15:00 -17:30	A	B	B	B	B	B

Auf das Lernen übertragen bedeutet dies nun, dass Du Dir konkret überlegst, was zum Erreichen Deines Ziels (nehmen wir z.B. das Erstellen einer Hausarbeit) genau zu tun hast.

Hier hätten wir für die Kategorie A: Nötige Informationen zum Themengebiet erarbeiten; Gliederung anlegen, Arbeit schreiben, Korrekturlesen; für die Kategorie B: Grafiken erstellen, Layout, Literaturangaben und für die Kategorie C: Zusatzinformationen recherchieren, die im Zusammenhang mit dem Thema interessant sind, allerdings nicht in die Arbeit einfließen, besonders ansprechendes Design für die Grafiken, Infotabellen usw. erstellen, usw. Wichtig ist hierbei: Du musst konsequent bleiben! Auch wenn beim Recherchieren zu Kategorie A extrem interessante Artikel der Kategorie C auftauchen, werden diese nur im vorgesehen Zeitfenster von 10 % gelesen!

8. Zeitmanagement: die 3 besten Tricks, um mehr zu schaffen

So, jetzt bist Du hoffentlich voll motiviert und hast eine ideale Arbeitsumgebung geschaffen – trotzdem liegen zwischen Deinen Plänen und dem, was Du wirklich schaffst, immer noch Welten? Dann liegt es wahrscheinlich an Deinem Zeitmanagement. Dieses hilft Dir dabei, aus Deiner verfügbaren Zeit das bestmögliche Ergebnis herauszuholen. Dafür gibt es unterschiedliche Methoden, die ich Dir im Weiteren kurz vorstellen möchte – die universal „beste Methode" gibt es leider nicht. Deshalb empfehle ich Dir, die Methoden einfach einmal auszuprobieren und zu gucken, welche für Dich am besten passen. Du kannst sie auch mixen, um das ultimative Ergebnis für Dich zu erreichen!

Achtung: Du musst die jeweilige Methode einige Wochen anwenden, da sie erst zur Gewohnheit werden muss, bevor sie richtig funktioniert. Du brauchst also etwas Geduld und Durchhaltevermögen, aber ich garantiere Dir: Der Aufwand lohnt sich!

8.1 Pareto-Prinzip

Das nach seinem Erfinder Vilfredo Pareto benannte Prinzip wird folgendermaßen definiert:

„Das Pareto-Prinzip besagt, dass sich mit lediglich 20 % des gesamten Einsatzes bereits 80 % des Ergebnisses erreichen lassen. Für die verbleibenden 20 % des Erfolges benötigt man folglich mit 80 % am meisten Aufwand. Oft wird es daher auch als 80-20-Regel bezeichnet.“Das bedeutet also, dass Du mit 20 % der aufgewendeten Zeit 80 % der Ergebnisse erreichst, während Du für die restlichen 20 % Prozent 80 % der Zeit benötigst.

Daraus folgt: Wenn Du Dich beim Lernen zuerst auf die 80 % der Aufgaben konzentrierst, benötigst Du nur 20 % Deiner Zeit! Das klingt doch schon mal richtig gut, oder? Die Sache hat jedoch zwei Haken:

1. Du brauchst erst einmal eine Prioritätenliste (Du kannst hier auf Deine Erkenntnisse aus dem Eisenhower-Prinzip aufbauen)
2. Du darfst nicht vergessen, dass Du damit „nur“ 80 % Deiner Aufgaben erledigt hast! Dieses Prinzip hilft Dir, die für Dich wichtigsten Aufgaben in kürzester Zeit zu erledigen, nicht alle.

Wie hilft Dir diese Regel beim Lernen? Wenn Du Dich zum Beispiel für eine Prüfung vorbereitest, weißt Du, welche Themen abgefragt werden und wie viele davon. Nun gibt es zu jedem Thema Basiswissen, das man sich relativ einfach merken kann. Je mehr man ins Detail geht, um so zeitaufwendiger wird es, sich die Zusammenhänge zu merken, zusätzliche Informationen zu finden und sich dieses Wissen anzueignen. Zudem gibt es oft Themen, zu denen man viel Material hat, mit deren Inhalt man vertraut ist, usw., aber auch welche, von denen man so gar keine Ahnung hat, nicht besonders viele Quellen findet, die man einfach nicht wirklich versteht.

All diese prüfungsrelevanten Themen haben statistisch gesehen die gleiche Wahrscheinlichkeit, abgefragt zu werden – Du stimmst mir jedoch sicher zu, dass der Aufwand, den Du betreiben musst, um die einzelnen Themen zu lernen, extrem unterschiedlich hoch ist? Für die Prüfungsvorbereitung hast Du nun zwei Möglichkeiten:

1) Ohne Pareto-Prinzip:

Du beginnst bei Thema Nr. 1, liest alle vorhandenen Informationen, recherchierst noch zusätzlich im Internet / in der Bibliothek, machst Dir ein Skript, lernst dieses auswendig und gehst dann zu Thema Nr.2 über – bis Du alle Themen durchgearbeitet, wirklich verstanden und verinnerlicht hast. Dagegen ist nun nichts einzuwenden, wenn Du den Aufwand pro Thema so gut eingeschätzt hast, dass Du nicht unter Zeitdruck stehst und auch wirklich alle Themen erarbeiten konntest. Was aber, wenn Du für Thema Nr. 2 so lange brauchst, dass 50 % der verfügbaren Zeit dafür verwendet werden und für die Restlichen kaum mehr etwas übrigbleibt?

2) Mit Pareto-Prinzip:

Du kategorisierst als Erstes die Themenbereiche in diejenigen, die Du ohne großen Aufwand vorbereiten kannst und diejenigen, für die Du noch so gut wie gar kein Wissen aufweist. Dann beginnst Du mit den ersten Themen und arbeitest diese so durch, dass Du die Prüfung bestehst – also nicht zu 100 % in die Tiefe gehend und alle Facetten betrachtend! Dann nimmst Du Dir die restlichen Fragen nach dem gleichen Prinzip vor. Nun hast Du mit relativ geringem Aufwand schon einmal Dein Ziel erreicht: Die Chance, die Prüfung zu bestehen. Die restliche Zeit nimmst Du jetzt dafür in Anspruch, Dein Wissen zu perfektionieren, wobei Du wieder zuerst die erste Themengruppe angehst und erst dann die zweite in Angriff nimmst. Du wirst feststellen können, dass Du so wesentlich besser vorankommst und auch motivierter und stressfreier lernen kannst, da Du in relativ kurzer Zeit das wichtigste Ziel – das Bestehen der Prüfung schon sehr wahrscheinlich zu machen – erreicht hast. In der restlichen Zeit geht es nun nur noch darum,

Deine Note potenziell zu verbessern. Das nimmt Dir den Druck weg und hilft Dir auch bei Deinem Umgang mit Prokrastination.

8.2 ALPEN-Methode

Bei der von dem deutschen Wirtschaftswissenschaftler Lothar Seiwert ausgearbeiteten Methode geht es um die Organisation Deiner täglichen Aufgaben, also um die Erstellung eines Tagesplanes. Die ALPEN-Methode hat nichts mit dem Gebirge zu tun, sondern setzt sich folgenermaßen zusammen:

A – Aufgaben definieren
Am Vorabend überlegst Du Dir, welche Aufgaben Du am nächsten Tag erledigen möchtest und schreibst diese auf.

L – Längen einschätzen
Danach notierst Du Dir neben den einzelnen Tasks, wie lange Du dafür brauchst. Nun hast Du schon den ersten wichtigen Schritt getan, um überprüfen zu können, ob Dein Plan überhaupt realisierbar ist: Addiere die einzelnen Längen und vergleiche sie mit der Dir zur Verfügung stehenden Zeit! Wenn Du für Deine Aufgaben insgesamt 10 Stunden angesetzt hast, aber nur 5 Stunden Zeit hast, ist klar, dass Du Deinen Plan nicht umsetzen kannst.

P - Pufferzeit einplanen

Dieser Punkt wird in anderen Modellen oft vernachlässigt: Wir können nicht alles vorhersehen und wir müssen uns manchmal erholen. Deshalb wird bei dieser Methode empfohlen, nur 60 % der zur Verfügung stehenden Zeit zu verplanen und 40 % als Puffer zu reservieren. Was fällt in diese Pufferzeit? Dazu gehören erstmal Pausen - wenn Du vergisst, diese einzuplanen, sinkt Deine Leistungsfähigkeit und/oder Dein Zeitplan funktioniert nicht mehr. Der restliche Puffer ist für unvorhersehbare Ereignisse vorgesehen: Wenn Dein PC plötzlich abstürzt, Deine Internetverbindung nicht mehr funktioniert, Du doch noch ein Buch aus der Bibliothek brauchst oder Deine Mutter plötzlich anruft und Dir unbedingt etwas Wichtiges erzählen muss …

E - Entscheidungen treffen

Auch bei dieser Methode kommst Du um das Priorisieren nicht herum - Du kannst dabei die bereits besprochene Eisenhower-Methode, das Pareto-Prinzip oder das ABC-Prinzip mit einbinden. Du priorisierst Deine Aufgaben und erledigst als Erstes diejenigen, die am wichtigsten und dringlichsten sind.

N - Nachkontrollieren

Wenn Deine Lernzeit vorüber ist, ziehst Du Bilanz: Hast Du alle Aufgaben erledigt? Hattest Du noch Zeit übrig?

Wenn Du Deinen Plan nicht durchziehen konntest – woran lag es? Setze Dich täglich damit auseinander, reflektiere gegebenenfalls die Gründe für das Scheitern Deines Planes und lasse die Erkenntnisse in den nächsten Tagesplan einfließen! So optimierst Du ständig Dein Zeitmanagement und wirst sehen, dass Du Deine Aufgaben stressfreier und fristengerecht erledigen wirst!

8.3 Pomodoro-Technik

Diese Technik hat nichts mit Tomaten zu tun, sondern ihr Name wurde von einem kleinen Küchenwecker in Form einer Tomate inspiriert. Der Italiener Francesco Cirillo entwickelte diesen Ansatz unter der Annahme, dass man am produktivsten sei, wenn man eine klar gestellte Aufgabenstellung zu erledigen habe und man sich gleichzeitig seine Arbeitszeit in 25-minütige Abschnitte unterteile. Wie gehst Du vor?

1. Du formulierst die zu erledigende Aufgabe und schreibst sie nieder.
2. Du stellst Dir einen Wecker auf 25 Minuten und arbeitest konzentriert und ohne Ablenkung.
3. Sobald der Wecker klingelt, machst Du eine Pause von 5 Minuten, unabhängig davon, ob Du die Aufgabe beendet hast.

4. Dann geht es mit der nächsten 25-minütigen Arbeitseinheit weiter.
5. Das ganze wiederholst Du viermal, danach kannst Du eine längere Pause (15- 20 Min.) machen.

Auch hier gilt: Priorisiere Deine Aufgaben und fange mit den dringendsten und wichtigsten an! Mit Hilfe der Priorisierung und des Zeitmanagements wirst Du Deinen Lernstoff besser einschätzen, Aufgaben fristgemäß erledigen und generell Deinen Stresslevel stark reduzieren können!

9. Die 10 besten Lerntechniken & Lernmethoden

Wenn Du Dich bis hierher durchgearbeitet hast, dann hast Du schon einen wirklich guten Grundstock fürs Lernen gelegt: Du weißt, wie Du Dich selbst motivieren kannst, erkennst die wichtigsten Aufgaben und verstehst, wie Du Deine Zeit so nutzt, dass Du das meiste aus Dir herausholen kannst. In diesem Kapitel geht es nun ans Eingemachte: Wir besprechen einige der Lernmethoden, die Dich am besten beim Lernen unterstützen! Bevor Du nun weiterliest, solltest Du Dir erst einmal Gedanken darüber machen, wie Du bereits lernst. Markierst Du viel beim Lesen? Was machst Du dann mit diesen Markierungen? Schreibst Du Dir einzelne Stichpunkte raus? Hilft Dir das, Dir Zusammenhänge besser zu merken? Trägst Du vielleicht die einzelnen Stichpunkte in Tabellen ein und lernst dann lieber diese? Reflektiere bitte als Erstes, wie Du beim Lernen normalerweise vorgehst und wie viel es Dir wirklich hilft! Oft benutzen wir Lernstrategien, weil wir von klein auf gelernt haben, dass man das so macht – egal ob es einen selbst weiterbringt oder nicht. Ich habe mir zum Beispiel jahrelang Lernstoff laut vorgelesen, weil mir das zu Hause so vermittelt wurde. Bis ich irgendwann verstanden habe, dass mir das absolut nicht hilft, sondern mich beim Lernen sogar stört, da meine Augen „schneller lesen" als ich die Worte aussprechen kann und deshalb immer wieder „ins Stolpern geriet" und mich Dinge wie ein trockener Hals (vom vielen lauten Lesen) enorm ablenkten!

Im Weiteren möchte ich Dir zehn verschiedene Lerntechniken vorstellen, die Dir dabei helfen werden, Deinen Lernstoff besser zu verinnerlichen. Auch hier gilt: Es gibt keine universelle Methode für jeden, Du musst selbst herausfinden, welche am besten zu Dir und Deinem Lernstoff passt!

9.1 Aufwärmen mit der Mindmap

Du kennst das sicher aus dem Sport: Bevor man so richtig mit dem Training anfängt, muss man die Muskeln erst einmal aufwärmen. Genau so ist das mit unserem Gehirn auch: Es braucht eine Aufwärmphase. Beim Lernen ist damit aber keine Runde laufen durch den Park gemeint, sondern das Aktivieren von Vorwissen. Wieso ist das wichtig?

Auch wenn wir das nicht so empfinden, ist unser ganzes Leben eigentlich ein Lernprozess: Zuerst haben wir gelernt, wie wir unseren Körper benutzen, unsere Umgebung und unsere Eltern kennengelernt, danach das eigenständige Essen, Laufen, Sprechen usw. Betrachten wir zum Beispiel das Laufen lernen: Kein Baby ist eines Tages plötzlich aufgestanden und losgelaufen. Bevor es die ersten Schritte tun kann, ist eine Menge zu lernen: Rollen, sitzen, robben, krabbeln, sich hochziehen … Das Laufen zu erlernen, baut also auf einer Menge Vorwissen und Können auf. Und so ist es mit jedem Wissen!

Indem Du Dein Vorwissen aktivierst, gibst Du Deinem Gehirn die Möglichkeit, das bereits Gelernte mit dem neuen Stoff zu verbinden. Es baut logische Verbindungen auf, Zusammenhänge werden klar, das Gehirn weiß, wohin die neuen Informationen gehören, kann sie also leichter zuordnen und festigen. Wenn Du zum Beispiel Vokabeln lernen willst: Was fällt Dir leichter – ein Wort zu lernen, das in Zusammenhang mit einem Dir bereits bekanntem Wort steht oder ein komplett neues? Gehen wir noch einen Schritt weiter: Du musst ein Referat auf Englisch zu irgendeinem Fachgebiet halten, liest dafür Literatur auf Englisch und stolperst über eine Vokabel, die Du nicht kennst. Jetzt schaust Du das Wort nach, der deutsche Fachbegriff sagt Dir aber auch nichts. Wie gut wirst Du Dir diesen Terminus also merken können? Wenn Du jetzt den deutschen Begriff recherchierst und dabei eine Bedeutung findest, die Du bereits kennst, dann wirst Du Dir auch das englische Äquivalent besser merken können! Eine sehr hilfreiche Lernmethode dabei ist die Mindmap. Eine Mindmap ist im Prinzip nichts anderes als eine Infotafel mit allen bekannten Informationen zu einem Begriff. Dieser Begriff wird in einen Kreis in die Mitte des Blatts geschrieben. Stellen wir uns mal vor, Du musst etwas zum Thema „Studium“ lernen:

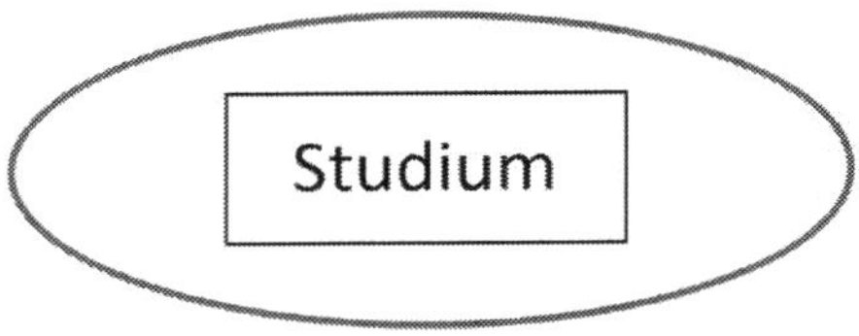

Von diesem Kreis ausgehend sammelst Du alles, was Dir spontan einfällt: z.B. Universität, Fernhochschule, Semester, Studentenausweis, Studentenwohnheim, WG, Bibliothek, Bachelor, Master …

Dieses Wissen sammelst Du nicht einfach um den Begriff herum an, sondern bringst es in eine logische Struktur.

In unserem Beispiel also:

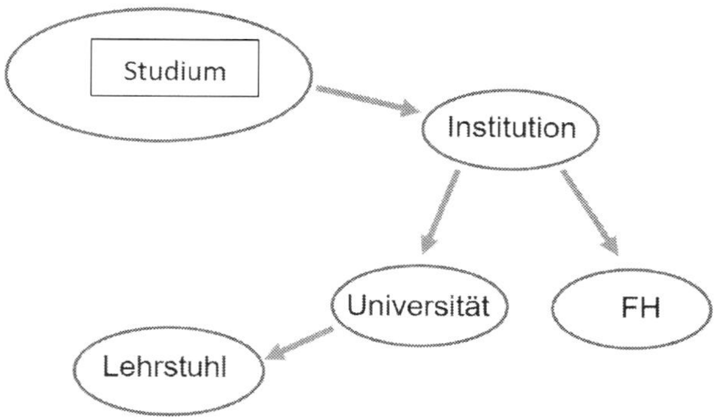

Am besten markierst Du die einzelnen Ebenen mit unterschiedlichen Farben und/ oder Formen! So eine Mindmap hat folgende Vorteile:

- Du aktivierst Dein Vorwissen;
- Du ordnest Dein Wissen und bringst es in logische Zusammenhänge;
- Du kannst nur Stichpunkte verwenden, deshalb bietet die Mindmap einen sehr guten Überblick über Dein komplettes Wissen;
- Sie ist niemals fertig! Du kannst sie immer weiter ergänzen und somit Dein neues Wissen in Zusammenhang mit Deinem Vorwissen bringen;

- Du musst nicht alleine an einer Mindmap arbeiten, sondern kannst sie auch mit anderen zusammen erstellen!

Mindmaps kannst Du entweder per Hand erstellen oder am PC (z.B. mit Word oder PowerPoint), es gibt auch genug Programme, mit denen Du digitale Mindmaps erstellen kannst. Eine Übersicht über die besten 10 davon findest Du u.a. hier:

https://thedigitalprojectmanager.com/de/die-besten-mindmapping-software/

Bei der Erstellung einer Mindmap musst Du Dich nicht nur auf bloße Fakten reduzieren! Du kannst auch eigene Emotionen, Eindrücke und Erfahrungen notieren. Alles, was Du mit dem Thema in Verbindung setzen kannst und woran Dein Gehirn somit anknüpfen kann, hilft Dir! Besonders hilfreich ist so eine Mindmap beim Vokabellernen: Wenn Du die Vokabeln zum Thema „Studium" lernen musst, notierst Du Dir den deutschen Begriff und die Übersetzung in der Zielsprache – Du wirst sofort erkennen, welche Vokabeln Du noch zusätzlich lernen musst und bei welchen Du genauer hinterfragen musst, wie Du die Realien der einen Sprache am besten in die andere überführst! Natürlich wirst Du nicht für jede zu lernende Vokabel eine komplette Mindmap erstellen. Jedoch lohnt es sich auch hier, das Vorwissen zu aktivieren und die Vokabel gedanklich zu verankern. Müsstest Du z.B. das deutsche Wort „hinausgehen" lernen, hilft Dir zu wissen, dass:

- der Wortstamm „gehen" ist;
- „hinaus" eine abtrennbare Vorsilbe ist;
- das Verb irregulär gebildet wird (geht, ging, ist gegangen)
- es sich dabei um eine Bewegung handelt und deshalb mit „sein" im Perfekt gebildet wird;
- „hinaus" das Gegenteil von „hinein" ist,
- es noch andere Vorsilben gibt, die fast die gleiche Bedeutung haben: herausgehen.

9.2 Die Feynman-Methode: Dinge verstehen anstatt stupide auswendig lernen!

Überleg doch mal kurz: Wenn Du jetzt an Deine ersten Schuljahre zurückdenkst: Wie viele der Gedichte, die Du lernen musstest, kannst Du noch aufsagen? Ich wette mit Dir, dass Du Dich wahrscheinlich noch an ein, zwei erinnern kannst, die Du wirklich mochtest!

Und wie sieht es mit Mathematik aus? Multiplizieren, dividieren, Bruchrechnen … Vielleicht nicht im Kopf, aber mit Papier und Bleistift sind doch 34235 : 567 sicher kein Problem? Und das, obwohl Du diese konkrete Aufgabe vielleicht noch gar nie gelöst hast!

Was ist der Unterschied zwischen dem Gedicht und der Matheaufgabe? Wenn wir etwas auswendig lernen, dann beschäftigen wir uns nicht wirklich damit. Wir müssen uns nicht tiefgründig damit befassen, warum z.B. Vater und Sohn im „Erlkönig" von Goethe durch die Nacht ritten und das Kind dann am Ende gestorben ist. Es reicht, sich die einzelnen Wörter zu merken und diese möglichst schön präsentiert von uns geben zu können.

Bei unserer Matheaufgabe hingegen mussten wir uns in der Grundschule tiefgehend mit den Grundrechenarten auseinandersetzen. Jetzt sagst Du wahrscheinlich: „Ja, das Einmaleins musste ich ja trotzdem auswendig lernen!" Ja, das mussten wir, um nicht jedes Mal überlegen zu müssen, wieviel denn nun 8 + 8 + 8 + 8 + 8 ist, sondern gleich zu wissen, dass 8 × 5 eben 40 ergibt. Dieses Wissen hätte uns nichts gebracht, wenn wir nicht verstanden hätten, was Multiplikation eben wirklich bedeutet! Haben wir dieses Wissen einmal erworben, dann können wir dieses auf andere und schwierigere Aufgaben transferieren!

Sprich: Wenn ich weiß, wie 8 × 5 „funktioniert", kann ich mir auch selbst herleiten, wie viel 4 × 6 sein muss, wie viel 40 : 8 ist, usw. Wenn ich die Tabelle nur auswendig gelernt habe, kann ich diese Transferleistung hingegen nicht erbringen. Was bedeutet das nun fürs Lernen? Wenn ich meinen Stoff wirklich verstanden habe, dann:

- merke ich mir das Gelernte besser;
- kann ich mein Wissen dazu verwenden, mir neue unbekannte Sachverhältnisse zu erschließen.

Auch der Physiker und Nobelpreisträger Richard Feynman hat dies erkannt und eine Methode entwickelt, mit der Du bis zu viermal schneller lernen kannst! So funktionierts:

1. Überblick über den gesamten Wissensstand verschaffen

Das Problem, das Du sicher schon in der einen oder anderen Prüfung hattest, ist: Du hast den Lernstoff zu Hause durchgelesen, alles war eigentlich ganz logisch und klar, die Fachtermini hast Du Dir gemerkt und in der Prüfung kamen dann plötzlich Fragen, von denen Du keine Ahnung hattest oder auf welche Du nicht fundiert genug antworten konntest. Das heißt, Du hast Dir zwar ein gewisses Wissen angeeignet, dieses war aber weder tiefgründig genug noch so fest verankert, dass Du es detailliert wieder geben konntest. Wenn Du dann die richtige Antwort nach der Prüfung liest, kommt der berühmte „Ach ja, genau!"- Moment. Dein Wissen hatte also Lücken und diese gilt es erst einmal zu erkennen. Bei der Feynman-Methode gibt es einen ganz einfachen Trick dafür:

Du erzählst jemanden – das kann auch eine imaginäre Person sein! – alles, was Du über das Thema weißt. Und zwar so, dass diese Person das versteht, ohne davon groß Ahnung zu haben. Du wirst schnell sehen, was Du nicht verstanden hast: Das kannst Du nämlich auch nicht erklären! Dabei solltest Du auch auf Fachbegriffe achten: wir neigen nämlich dazu, diese einfach auswendig zu lernen, ohne wirklich zu verstehen, was sie eigentlich bedeuten. Notiere Dir alles, was Du nicht erklären konntest und alle Fachtermini, die Du benutzt hast!

2. Wissenslücken schließen

Im nächsten Schritt findest Du Antworten auf alle Fragen, die Du nicht beantworten und betrachtest alle Zusammenhänge, die Du nicht erklären konntest. Zudem empfehle ich Dir, bei allen Fachausdrücken zu überprüfen, ob Du sie richtig verstanden hast.

3. Thema erneut erklären

Nun bekommt der unwissende Zuhörer einen weiteren Vortrag, dabei gehst Du genauso vor wie beim ersten Mal: Du notierst Dir alles, was Du nicht erklären kannst - und wiederholst den Vorgang so oft, bis Du Deinen Zuhörer*innen alles problemlos vermitteln konntest. Es hilft dabei auch, wenn er/sie Fragen stellt bzw. Du Dir Fragen ausdenkst, die man stellen könnte!

Du wirst merken, dass Du mit dieser Technik nicht dumpf alles auswendig lernst, sondern wirklich tief in die Materie eindringst und die Zusammenhänge verstehst. Auf diese Weise kannst Du auch neues Wissen auf der Basis von diesem Wissen aufbauen! Manchmal gibt es allerdings auch Themen, die man einfach auswendig lernen muss - wie Vokabeln zum Beispiel. Hierbei hilft Dir die nächste Methode.

9.3 Fachbegriffe lernen leicht gemacht mit der Loci-Methode

Die Loci-Methode ist eine Mnemotechnik, die Dir dabei hilft, Dir Dinge zu merken, die man sich schlecht logisch herleiten kann - wie zum Beispiel Fachbegriffe. Wie funktioniert die Loci-Methode?Unser Gehirn arbeitet assoziativ. Das bedeutet, wenn Du neue Informationen mit bereits Bekanntem verbinden kannst, kannst Du Dir dieses neue Wissen leichter merken. Darüber haben wir ja beim Thema „Vorwissen aktivieren" bereits gesprochen, als wir davon sprachen, dass man Zusammenhänge besser abspeichern kann. Wenn es keine direkten Zusammenhänge gibt, dann schaffen wir eben welche!

Bei der Loci-Methode verbindest Du in Gedanken verschiedene Orte mit dem zu lernenden Begriff. Du kannst dafür Deinen Weg zur Uni, zur Freundin oder auch durch Deine Wohnung nehmen, selbst entlang Deines Körpers klappt das! Du verbindest in Gedanken also die einzelnen Fachbegriffe mit diesen Orten und „läufst“ diese in Deiner Vorstellung dann ab. Dabei fallen Dir die Termini auch wieder ein! Natürlich kannst Du die Loci-Methode auch dafür nutzen, Dir andere Dinge zu merken, sie ist nicht auf Fachbegriffe begrenzt!

9.4 Detailwissen merken mit dem Gedächtnispalast

Eine Variante der Loci-Methode ist der Gedächtnispalast, jedoch verbindest Du hier assoziativ keine Wege mit einzelnen Begriffen, sondern erschaffst Dir gedanklich ein Gebäude, in welchem Du detailliertes Wissen ablegst. Wichtig dabei ist, dass Du Dir dabei verschiedene Stockwerke „aufbaust“. Je höher, desto detaillierter wird Dein Wissen! Verbinde auch hier die Informationen assoziativ mit der Einrichtung Deines Palasts. Musst Du gerade etwas über die Kreuzzüge lernen, kannst Du Deinen Palast auch in eine Ritterburg verwandeln, in dem dann zum Beispiel Ritterrüstungen die wichtigsten Kreuzfahrer symbolisieren, die Du dann symbolisch ausschmückst. Friedensverträge kannst Du in Schatullen oder Kisten ablegen, wichtige Ereignisse als Bilder an die Wand hängen … auch hier ist Deine Kreativität gefragt. Je detaillierter Du Deinen Palast einrichtest, desto einfacher findest Du die Informationen, die Du brauchst. Um Dein Wissen zu aktivieren, läufst Du dann in Gedanken durch dieses Gebäude und findest die abgelegten Informationen!

9.5 Vokabellernen mit der Schlüsselwortmethode

Diese Methode hilft Dir dabei, Vokabeln zu lernen, indem Du bereits bekannte Wörter mit den neu zu lernenden verbindest. Dadurch entsteht ein mentales Bild und Du setzt Dich mit dem neuen Wissen intensiv auseinander. Dabei gehst Du am besten folgendermaßen vor: Du suchst Dir akustisch ähnliche Wörter und verbindest diese dann mit dem Begriff. Das kann ein Wort aus der Zielsprache sein, aus Deiner Muttersprache oder aus einer weiteren Fremdsprache. Zum Beispiel willst Du den englischen Begriff „gift" (also „Geschenk") lernen. Das klingt wie „Gift" auf Deutsch – und schon hast Du Dein Schlüsselwort gefunden. Wichtig ist dabei natürlich, dass Dir die Bedeutung des Schlüsselworts wirklich klar ist! In einem zweiten Schritt erstellst Du Dir ein mentales Bild, in dem Du Dir das neue Wort mit einem Bild, das das Schlüsselwort und den neuen Begriff enthält, vorstellst.

In unserem Beispiel also vielleicht eine Geschenkebox mit Schleife und Geschenkpapier, in der eine Flasche Gift enthalten ist. Wenn Du nun das Wort „gift“ hörst, siehst Du das Bild vor Deinem inneren Auge und erinnerst Dich an die Übersetzung. Anregungen für diese Methode findest Du zum Beispiel auch im Buch[6] von Helmut Lange und Oliver Geisselhart. Sie zeigen für 1000 Englischvokabeln Wortbilder auf, mit denen diese einfach zu lernen sind. So schlagen sie beispielsweise vor, das Wort „angel“ - also Engel mit dem Bild „Ein Engel, der angelt“ zu lernen, oder den Begriff „art“ mit dem Bild „Diese Art von Kunst zu machen, ist sehr eigenwillig“. Wichtig dabei ist allerdings, dass Du jedes Schlüsselwort nur für eine bestimmte Vokabel verwendest!

9.6 Auswendiglernen mit Bildergeschichten

Während Deiner Schulzeit oder auch jetzt im Studium musstest Du sicher schon mal Begriffe oder Elemente auswendig lernen, die Du in der richtigen Reihenfolge wissen musstest? Wahrscheinlich hast Du versucht, sie in dieser Reihenfolge so lange vor Dich herzusagen, bis Du sie Dir irgendwann merken konntest. Jetzt machen wir ein kleines Experiment:

---

6 Geisselhart, O. & Lange, H. (2012).

Wie viele dieser Begriffe weißt Du noch und stimmt dazu auch noch die Reihenfolge? Alle Begriffe noch an ihrem Platz? Gratuliere! Dann kannst Du diese Lernmethode getrost überspringen. In allen anderen Fällen: Lies weiter! Noch eine Frage an Dich: Was ist genau in dem letzten Film passiert, den Du angeschaut hast? Versuche bitte mal, Dir den Inhalt selbst wiederzugeben! Wie viel Prozent bekommst Du noch zusammen? 50 - 80 %? Dumm nur, dass Dir das bei der Klausur wenig helfen wird, oder? Unser kleines Experiment hat also gezeigt, dass wir uns Geschichten einfach besser merken können. Somit ist der nächste Schritt ein ganz logischer: Wir verpacken die Begriffe einfach in Geschichten! Achte allerdings darauf, dass Du nicht mehr als 10 zu lernende Begriffe in die Geschichte verpackst – denk Dir sonst lieber mehrere aus!

Beispiel gefällig?

Im Marketing gibt es das AIDA-Prinzip. Dieses besteht aus den vier Säulen „Attention" (Aufmerksamkeit), „Interest" (Interesse), „Desire" (Wunsch) und „Action" (Handlung). Du könnest also nun folgende Geschichte daraus machen:

Bernd ging im Park spazieren und wurde auf einen kleinen Hund aufmerksam, der die ganze Zeit bellte. Mit großem Interesse schaute Bernd ihm zu, um zu verstehen, was dieser wohl für einen Wunsch hatte. Bald wurde klar: Sein Spielzeug war unter einen Stein gerutscht. Also blieb Bernd nichts anderes übrig, als zu handeln und der Hund bekam sein Spielzeug wieder.

Besonders wichtig ist dabei, dass Du Dir diese Geschichte auch wirklich vorstellst und vor Deinem inneren Auge nachspielst! Je intensiver Du sie „erlebst", desto besser kannst Du sie Dir merken! Schmücke sie auch gern mit Gerüchen und Geräuschen aus: Hör, wie der Hund bellt, fühle die Sonne auf der Haut, rieche das Gras ...

9.7 Fakten lernen mit der Pegging Methode

Die Pegging Methode ist ebenfalls eine Mnemotechnik, die darauf basiert, dass unser Gehirn sich am besten an Emotionen erinnern kann, vor allem wenn wir uns dazu ein möglichst detailreiches Bild vorstellen können. Zudem geht sie davon aus, dass man sich leichter an Wörter erinnern kann, wenn man sich ihre Anfangsbuchstaben gemerkt hat. Viele Eselsbrücken beruhen auf dem Prinzip und verwenden Akronyme, wie „AIDA" aus unserem vorherigen Beispiel. Dabei gehst Du folgendermaßen vor:

1. Du verbindest jeden Buchstaben des Alphabets mit einem Gegenstand, den Du Dir gut vorstellen kannst. Also zum Beispiel: A für Affe, B für Banane, C für Chips usw.

2. Schreib Dir diese Kombinationen auf und lerne sie auswendig!

3. Verbinde die Kombination mit dem Begriff, den Du Dir merken willst. Musst Du zum Beispiel das englische Wort „Judge“ (Richter) auswendig lernen, dann verbindest Du es mit dem Bild für den Buchstaben J – wie „Jaguar“.

4. Denk Dir eine Geschichte aus, die Du mit dem Lernstoff verbinden kannst. Die Geschichte sollte möglichst alle Deine Sinne ansprechen und dazu auch noch Deine Emotionen. Überlege Dir dazu vier Details! Du kannst pro Story eine oder auch mehrere Kombinationen nutzen.

5. Visualisiere die Story möglichst detailreich und kreativ!

Wie könnte so eine Geschichte aussehen?
Bleiben wir bei „judge“ und Jaguar. Stell Dir einen Gerichtssaal vor, mit einem Staatsanwalt, einem Angeklagten und einem Verteidiger. Der Angeklagte ist ein junger Mann, der Staatsanwalt hat einen großen Bauch und jedes Mal, wenn er den Mund aufmacht, riecht es streng

nach Knoblauch. Auf dem Richterstuhl aber sitzt ein Jaguar, mit Perücke und in einer schwarzen Robe. Der Staatsanwalt kommt während seiner Rede immer näher und näher und der Knoblauchgeruch wird immer stärker – dem armen Jaguar ist schon ganz schlecht und er weiß gar nicht mehr, wie er sich vor diesem Gestank noch retten kann. Stell Dir diese verrückte Szene ganz genau vor: Du spürst die Angst des Angeklagten, die Wut des Staatsanwalts, der sich immer mehr in Rage redet, am stärksten spürst Du die Übelkeit des armen Jaguars ... Schließlich hat der Jaguar genug gelitten und fällt ein Urteil – der Angeklagte muss den ganzen Knoblauchvorrat des Staatsanwalts aufessen.

Du siehst, diese Geschichte ist ziemlich verrückt und doch voller Emotionen. Wenn Du nun in der Prüfung das Wort „Richter“ liest, kommt Dir sofort diese verrückte Geschichte mit dem Jaguar in den Sinn und das Wort „Judge“ wird Dir sofort wieder einfallen. Auch wenn Du vielleicht denkst, dass das ein ziemlich großer Aufwand dafür ist, sich eine Vokabel, einen Fakt oder einen Fachbegriff zu merken: Du wirst immer weniger Zeit für das Ausdenken der Geschichten brauchen, wenn Du diese Methode häufiger anwendest und das Gelernte geht sogleich ins Langzeitgedächtnis über. Du kannst Dir also Deinen Lernstoff länger merken, ohne dass Du ihn ständig wiederholen musst!

Übrigens: Je ausgeflippter und je mehr Sinne an Deiner Geschichte „beteiligt" sind, desto besser kannst Du sie Dir merken! Wenn Du Dir Jahreszahlen oder Daten merken musst: Benutze anstelle des Alphabets die Zahlen 0 - 9! Wir legen also zum Beispiel fest: 1 entspricht Katze, 2 entspricht Hund, 3 ist Kind und 4 ist Ball. Will ich nun die Jahreszahl 1324 lernen, kann ich mir folgende Geschichte ausdenken: Eine riesige Katze in einem Karoanzug und ein winziges Kind mit vielen Sommersprossen und Clownschuhen spielen mit einem dicken Hund Ball auf einer Wiese. Stell Dir dabei vor, wie das Grass riecht, der Wind durch die Haare flattert, der dicke Hund hechelt, die Katze miaut …

Du wirst sehen, dass es Dir immer leichter fällt, Dir passende Geschichten auszudenken und sie Dir auch zu merken! Vor der Prüfung „spielst" Du Deine Storys dann am besten noch ein paar Mal an unterschiedlichen Tagen durch, damit Du sie dann leichter entschlüsseln kannst.

9.8 Active Recall mit Karteikarten

Wie Du nun bereits weißt, lernen wir am besten und schnellsten, wenn wir uns aktiv mit dem Lernstoff auseinandersetzen. Eine Möglichkeit dafür ist, sich Fragen zum Stoff zu stellen und diese zu beantworten. Hier schlägst Du gleich zwei Fliegen mit einer Klappe.

Ein Beispiel aus meinem Leben:
Ich hatte einen Mathelehrer, der unter Stoff erklären verstand, dass er gleichzeitig schrieb und sprach und wenn beide Tafelhälften voll waren, die erste wieder sauberwischte, so dass auch ein gewisser Zeitdruck beim Abschreiben entstand. Ich saß in den hinteren Reihen und hatte keine so gute Sicht auf die Tafel, zudem stand er ja meistens vor dem, was er gerade schrieb. Kurz und gut, mein Ziel in der Stunde bestand meistens darin, nur irgendwie möglichst viel von dem, was er mit einer eher unleserlichen Schrift an die Tafel schrieb, in mein Heft zu bekommen. Mitdenken war absolut nicht drin. Am Ende der Stunde kam regelmäßig seine Frage: „Gibt es noch Fragen?" Obwohl ich meistens wirklich gar nichts vom Stundenstoff verstanden hatte, hatte ich nie eine. Warum? Ganz einfach: Ich kann keine Detailfragen stellen, wenn ich den generellen Zusammenhang und Inhalt nicht verstanden habe. Die einzige Frage, die ich hätte stellen können, war: „Können Sie noch einmal von vorne anfangen?" – und dass es schlauer war, diese nicht zu stellen, war klar.

Warum erzähle ich Dir das? Ganz einfach: Wenn Du einen Stoff so gut verstanden hast, dass Du dazu detaillierte Fragen stellen kannst, dann bist Du schon einmal auf einem guten Weg! Das Gleiche gilt für die Antwort: Um knapp und präzise auf Fragen antworten zu können, muss man das Thema verstanden haben, selbst, wenn man die Antwort nur aus dem Text herausschreiben muss. Somit setzt Du Dich beim Erstellen der Karteikarten schon zweimal intensiv mit dem Stoff auseinander! Schreibe diese Fragen dann auf je eine Karteikarte und die Antwort dazu auf die andere Seite und prüfe Dich selbst: Kannst Du die Fragen beantworten? Warum solltest Du Frage & Antwort auf Karteikarten schreiben? Dafür gibt es mehrere Gründe:

- So kannst Du Dich immer selber testen – wenn Du die Frage anschaust, siehst Du ja die Antwort nicht.
- Wenn Du die Fragen mit den Antworten z.B. in ein Heft schreibst und die Lösung dann immer abdeckst, hast Du zwar auch den „Prüfungseffekt", läufst aber Gefahr, die Reihenfolge auswendig zu lernen. Dies umgehst Du bei Karteikarten, da Du diese ja mischen und somit die Reihenfolge immer wieder ändern kannst.
- Du kannst die Fragen, die Du beantwortet hast, weglegen und hast somit einen guten Überblick, wie viele Du tatsächlich schon beantworten kannst. Der wachsende Berg an bereits richtig beantworteten Prüfungsfragen hilft Dir auch, motiviert zu bleiben, da Du Deinen Lernerfolg mess- und sichtbar gemacht hast.

Während meines Studiums habe ich folgenden Witz zum Thema „erfolgreich Prüfungen ablegen“ gehört: Ein Biologie-Student bereitet sich auf die Prüfung vor und lernt alles über Mäuse. Der Professor fragt ihn: „Was ist ein Elefant?“ Der Student antwortet: „Ein Elefant ist ein Tier, das Angst vor Mäusen hat. Mäuse aber sind kleine Nagetiere, die …“

Wir neigen also dazu, Fragen auszuweichen, für die wir keine Antwort haben, und so lange zu schwafeln, bis wir unser gegenüber eingelullt haben – reden also stundenlang, ohne wirklich etwas zu sagen. Der Platz auf einer Karteikarte ist jedoch sehr begrenzt. Du musst sehr konkret sein, um Deine Antwort unterzukriegen. Für Geschwafel ist kein Platz!

Du kannst heute natürlich auch Apps statt Karteikarten benutzen, wie zum Beispiel Studysmarter, Ankiapp oder Quizlett. Eine gute Übersicht über verschiedene kostenlose Apps und ihre Vor- und Nachteile findest Du unter

https://www.studysmarter.de/blog-kostenlose-kartei-karten-apps-der-ultimative-vergleich/.

9.9 Spaced Repetition – mit stufenweiser Wiederholung zum Lernerfolg!

Das Prinzip von Spaced Repetition (Stufenweise Wiederholung) baut auf dem System der Active Response auf. Zur Erinnerung - Du setzt Dich mit dem Lernstoff aktiv auseinander, weil Du Fragen und Antworten auf Karteikarten schreibst und die Fragen dann beantwortest. Wenn Du die Frage richtig beantwortet hast, legst Du diese zur Seite, ansonsten kommt sie wieder hinten in den Stapel.

Damit ist es jedoch noch nicht getan - unser Gehirn lässt Neuerlerntes nicht sofort ins Langzeitgedächtnis und einen Großteil von dem, was wir gerade gelernt haben, vergessen wir nach einer Stunde bereits wieder. Deshalb ist es wichtig, den bereits erlernten Stoff mehrmals zu wiederholen - in immer größeren Zeitabständen. So kannst Du z.B. eine Stunde später die bereits gekonnten Karten wiederholen, dann am nächsten Tag, nach 3 - 4 Tagen und nach einer Woche. Allerdings funktioniert unser Gehirn sehr individuell, deshalb musst Du selbst herausfinden, welche Zeitintervalle Dir den größten Erfolg bringen! Bist Du jemand, der sich Dinge relativ gut merken kann, solltest Du die Abschnitte etwas größer machen, vergisst Du dagegen Dinge oft in sehr kurzer Zeit, solltest Du kürzere Abstände und mehr Wiederholungen einplanen!

Es ergibt allerdings auch keinen Sinn, die Zeitabstände extrem zu verringern oder x Überholungen einzubauen - der bestmögliche Zeitpunkt, etwas zu wiederholen, ist nämlich, bevor Du es vergisst! Diese Methode eignet sich auch hervorragend zum Vokabellernen!

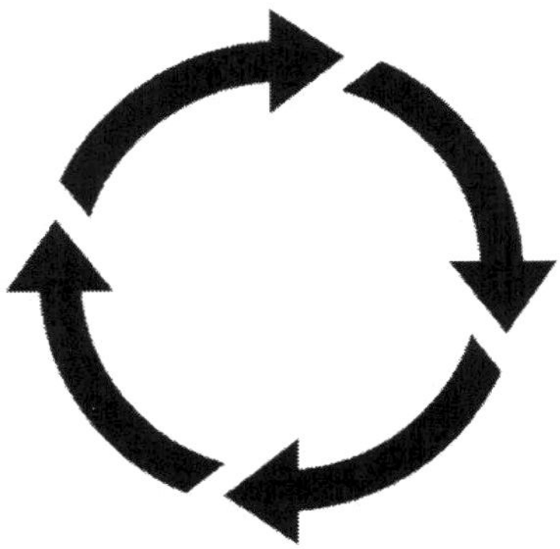

9.10 Mehr Stoff im Kopf mit dem Drei-Speicher-Modell

„Gestern habe ich 50 Vokabeln gelernt, davon konnte ich heute noch 10" – kommt Dir das bekannt vor? Oder Du sitzt in der Vorlesung, alles verständlich, alles klar – und dann in der Mittagspause fragt Dich Dein Kommilitone, der die Vorlesung versäumt hat, worum es denn genau ging – und Du kannst Dich gerade noch an das Oberthema erinnern? Tröste Dich, Du bist nicht alleine!

Unser Gedächtnis funktioniert leider nicht wie ein großer Tresor, in dem man alles ablegen kann und das Gelernte einfach dortbleibt, sondern besteht aus drei Ebenen: dem Ultrakurzzeitgedächtnis, dem Kurzzeitgedächtnis und dem Langzeitgedächtnis.

Das Ultrakurzzeitgedächtnis speichert unsre Sinneseindrücke eine Viertelsekunde lang. Danach werden diese Informationen entweder an das Kurzzeitgedächtnis weitergegeben oder wieder gelöscht. Im Kurzzeitgedächtnis werden die Informationen nun für einige Minuten gespeichert, wenn wir uns mit diesen auseinandersetzen oder sie des Öfteren wiederholen, gelangen sie ins Langzeitgedächtnis. Dort haben wir lebenslang Zugriff auf die Informationen. So weit, so gut. Wie kannst Du dieses Wissen nun für Dich nutzen?

1. Richte Deine Aufmerksamkeit auf ein bestimmtes Thema! (Priming). Das hilft Deinem Ultrakurzzeitgedächtnis zu verstehen, welche Informationen für Dich gerade relevant sind und an das Kurzzeitgedächtnis weitergegeben werden sollen. Diesen Prozess nennt man Priming. Das bedeutet „(Vor-)Bahnung, Vorbereitung, Zündung, […], meint die Beeinflussung oder Veränderung eines Einstellungssets und global des Denkens, Fühlens und Handelns oder (auf einer mittleren Betrachtungsebene) auch die Voraktivierung eines Konzeptes (für neuronale Netze: Aktivierungsmusters) durch eine best. […] Induktion."[7] Einfacher ausgedrückt bedeutet es, dass man mit dieser Technik das Denken beeinflussen kann. Wie sieht das in der Praxis aus? Wenn Du Dich vor der Vorlesung oder dem Lernen zu Hause bereits auf das Thema einstimmst, sendest Du Deinem Gehirn damit Signale, dass der folgende Stoff wichtig ist und das Gehirn kann die Informationen leichter einordnen. Was kannst Du tun?

- Schreib Dir den Titel der Vorlesung oder das Thema, das Du lernen willst, auf und überlege Dir, was Dich dazu erwarten könnte. Wenn das Thema „Kreuzzüge im Mittelalter" ist, geht es wahr-

---

7 Bermeitinger, C. (2019). Dort findest Du auch noch eine ausführlichere Definition.

scheinlich um Ritter, Schlachten, Zwangschristianisierung usw.

- Aktiviere Dein Vorwissen zum Thema! So kann Dein Gehirn die neuen Informationen besser mit bereits Bekanntem verbinden. Schreib Dir dazu Stichpunkte auf! Also in unserem Beispiel vielleicht „Kinderkreuzzug“, „Heilliger Krieg“, „Papst Urban II“, „Barbarossa“, „Richard Löwenherz“ …
- Schreib Dir Fragen auf, die Du zu diesem Thema bereits hast: Wie viele Kreuzzüge gab es / wie lange dauerten sie? „Welche Rolle spielte Jerusalem bei den Kreuzzügen?“ „Welche Einflüsse hatten die Kreuzzüge auf die abendländische Kultur?“

Mit diesen einfachen Techniken primst Du Dein Gehirn und Dein Gedächtnis darauf, die neuen Informationen, die mit diesem Thema im Zusammenhang stehen, als wichtig zu erkennen und richtig zuzuordnen!

2. Um Deinem Kurzzeitgedächtnis zu helfen, die wichtigen Informationen miteinander zu verbinden, zu sortieren und an das Langzeitgedächtnis weiterzureichen, kannst Du:

- Dir bei der Vorlesung Notizen machen, auch wenn Du nachher ein Skript bekommst;
- Dir zum Stoff Fragen oder Anmerkungen notieren;
- die wichtigsten Punkte unterstreichen oder farbig markieren!

3. Damit die Informationen besser im Langzeitgedächtnis abgelagert und dort langfristig verankert bleiben, solltest Du den Lernstoff regelmäßig wiederholen: Lies ihn am Tag nach der Vorlesung erneut durch, stelle Dir selbst Fragen, die Du Dir selbst beantwortest, vielleicht findest Du auch noch das eine oder andere YouTube-Video zum Stoff. Besonders hilfreich sind auch Lerngruppen, in denen Ihr Euch aktiv mit den Lerninhalten auseinandersetzt – jede aktive Auseinandersetzung mit den Informationen festigt die Verknüpfungen im Langzeitgedächtnis!

Nun hast Du zehn verschiedene Lerntechniken an der Hand, die Dir helfen werden, Deinen Lernprozess besser zu strukturieren und das Gelernte besser im Kopf zu behalten. Wahrscheinlich wirst Du nicht alle Techniken für Dich selbst hilfreich finden, manche erscheinen Dir auf den ersten Blick vielleicht sogar lächerlich! Das hat einfach damit zu tun, wie Du tickst. Zudem eigenen sich nicht alle Methoden für jede Art von Stoff. Am besten probierst Du einfach mal alle Techniken aus und bleibst bei denen, die Dir am besten helfen! Wichtig dabei ist nur, dass Du offen an sie herangehst. Wenn Deine Einstellung gegenüber einer Methode „so ein Quatsch!" ist, wirst Du mit ihr nicht erfolgreich lernen. Viel Erfolg beim Lernen!

10. Mit diesen einfachen Tipps zum Speedreader!

Du hast sicher schon einmal von „Speed-Reading“ gehört - verschiedenen Techniken, mit denen Du Deine Lesegeschwindigkeit auf mind. 600 Wörter pro Minute erhöhen kannst – im Durchschnitt lesen wir pro Minute gerade mal 200–250. Dazu ist intensives Training mit einem ausgewählten Kurs, am besten mit einem Trainer / einer Trainerin nötig. Wenn Du Deine Lesegeschwindigkeit also um ein Vielfaches erhöhen willst, findest Du im Internet ein großes Angebot unterschiedlicher Kurse. Wichtig dabei ist, dass es Dir nicht helfen wird, einfach nur schneller zu lesen, sondern auch das Leseverständnis gesichert sein muss. Wenn Du doppelt so schnell liest, aber nur halb so viel verstehst, ist nichts gewonnen! Es gibt allerdings auch einige einfache Tricks, mit denen Du Deine Lesegeschwindigkeit und Dein Leseverständnis massiv verbessern kannst.

10.1 Dein Leseverhalten

Denke einmal zurück – der größte Teil von uns hat wahrscheinlich in der Grundschule lesen gelernt. Wie ist man dabei vorgegangen? Wir mussten laut und deutlich lesen, dabei fing man mit einzelnen Buchstaben an, danach mit Silben, dann kamen einzelne Wörter und erst dann irgendwann einmal Sätze. Es wurde penibel darauf geachtet, dass wir jedes Wort richtig und bewusst lesen. Das war auch sehr sinnvoll, schließlich mussten wir die Bedeutung hinter den Buchstaben lernen, uns merken was bestimmte Buchstabenkombinationen wie „au", „sch" „ie" oder „ei" bedeuten und wie man die einzelnen Buchstaben miteinander verbindet.

Dummerweise haben die meisten von uns aufgehört, sich mit Lesestrategien auseinanderzusetzen, als das Lesenlernen in der Grundschule abgeschlossen war. Was ich meine? Wenn Du mal bewusst Leute beim Lesen beobachtest, wirst Du erkennen können, dass viele von ihnen beim Lesen leise mitsprechen, sich also selbst vorlesen oder zumindest die Lippen bewegen. Das wirkt sich wirklich negativ auf die Lesegeschwindigkeit aus: Unsere Sprechgeschwindigkeit ist nämlich wesentlich langsamer als unsere Augen „lesen" können.

Ich selbst zum Beispiel lese je nach Text und Tagesverfassung zwischen 280 und 300 Wörter pro Minute, also bis zu einem Drittel schneller als der Durchschnitt, bin aber wirklich schlecht im Vorlesen: Mein Mund kommt nicht hinterher, ich verhasple mich und lese Wörter, die zwar vom Sinn passen, aber nicht dastehen.

Deshalb mein erster Tipp: Beobachte Dich beim Lesen! Wenn Du feststellst, dass Du dabei Deinen Mund bewegst, zwinge Dich bewusst, damit aufzuhören! Das wird Dein Lesetempo schon um einiges erhöhen!

10.2 Lesestrategien nutzen!

Wie liest Du einen Roman? Du fängst bei Seite eins an, liest alles, was dasteht und irgendwann bist Du fertig, oder? Danach kannst Du sagen, ob es Dir gefallen hat oder nicht, den Inhalt grob wiedergeben und wahrscheinlich auch interpretieren, warum sich die Romanfiguren so und nicht anders verhalten haben. Ein wissenschaftlicher Text ist aber kein Roman. Deshalb sei nicht frustriert, wenn diese Lesestrategie nicht funktioniert und Du nach dem ersten Lesen, bei dem Du Dich von Wort zu Wort gehangelt hast, den Inhalt nicht detailliert wiedergeben kannst. Das liegt zum einen an den ganzen wissenschaftlichen Details, Fachbegriffen aber vor allem auch daran, dass Du emotional wenig damit verbunden bist!

Was kannst Du also tun?

1. Überfliege den Text, damit Du weißt, worum es generell geht. Vielleicht ist er ja auch gar nicht relevant für Dein Thema und Du verschwendest nur unnötig Zeit, wenn Du in von Beginn an gründlich liest, in der Hoffnung, dass da noch etwas Wichtiges kommt.

2. Wenn der Text für Dich relevant ist, nimm einen Stift zur Hand und unterstreiche die wichtigen Stellen, die wirklich von Bedeutung für Dich sind! Springe hier nicht ständig zurück, wenn Du nicht gleich alles verstehst, sondern markiere diese Stellen mit einem Fragezeichen. Vieles wird aus dem Kontext klarer!

3. Du bist auf der Suche nach konkreten Informationen, die in einem ganzen Buch verstreut sind? Dann empfehle ich Dir folgende Taktik: Hol Dir einige Klebestreifen, am besten in verschiedenen Farben. Stößt Du nun beim Überfliegen des Texts auf eine Textstelle, von der Du denkst, dass sie wichtig für Dich sein könnte, markiere sie mit einer Farbe, z.B. rot. Stößt Du auf ein ganzes Kapitel oder mehrere Seiten, die für Dich interessant sind, markiere den Beginn mit einer zweiten Farbe, z. B. gelb, das Ende mit einer dritten, z. B. grün. Besonders relevante Stellen dazwischen wieder mit rot. Dann liest Du nur noch die markierten Stellen wirklich gründlich mit Stift und Lineal / Marker bewaffnet!

4. Arbeite an Deinem Fachwortschatz!
Etwas, das den Lesefluss beim Lesen von Fachtexten extrem hemmt, ist das ständige Nachschlagen von Fachbegriffen! Schreib Dir deshalb alle Begriffe, die relevant sein könnten, beim Überfliegen raus und recherchiere sie dann alle zusammen, bevor Du Dich daran machst, den Text nochmals detaillierter zu lesen. Am besten liest Du diese Liste dann am Abend vor dem zu Bett gehen nochmals durch, damit sie sich einprägen und Du Deinen Fachwortschatz immer weiter erweiterst. Je größer dieser ist, desto schneller kannst Du die Texte lesen und verstehen!

5. Erweitere Deinen Leseradius!
Achte darauf, nicht jedes Wort einzeln zu lesen, sondern gleich einzelne Wortgruppen zu erfassen. Du kannst mit 2 - 3 Wörtern beginnen und Dich dann individuell steigern!

6. Lies schneller und konzentrier Dich besser!
Du hast Probleme damit, Dich auf das Lesen zu konzentrieren, weil Deine Gedanken ständig abschweifen? Dann liest Du wahrscheinlich zu langsam. Du lenkst Dich nämlich immer wieder ab, weil Dein Gehirn unterfordert ist. Versuche Dein Lesetempo gezielt zu erhöhen (durch die gerade beschriebenen Tricks) und Du wirst merken, dass Du fokussierter bist! Dabei hilft Dir auch,

Dir selbst Zeitlimits zu setzen: Wenn Du Dir selbst einen Zeitrahmen vorgibst, setzt Du Dich selbst unter Druck, dies auch einzuhalten! Wichtig: Wenn Du merkst, dass Du müde wirst - gerade das Lesen vom Bildschirm ermüdet die Augen stark - mache eine Pause! Wenn wir nicht fit sind, sind wir unkonzentrierter, verstehen weniger und lesen langsam. Du brauchst also keine Angst zu haben, durch viele kleine Pausen (15 Min helfen schon!) Zeit zu verlieren!

7. Setz Dich beim Lesen mit dem Text auseinander!
Um nicht nur Dein Lesetempo, sondern auch Dein Textverständnis zu erhöhen, ist es sehr hilfreich, Dich mit dem Text auseinanderzusetzen. Notiere Dir Fragen, mache Dir Stichpunkte zu etwas Wichtigem, setze Verweise. Damit findest Du Dich beim wiederholten Lesen auch besser im Text zurecht, da Du ihn für Deine Bedürfnisse strukturierst!

Wenn Du diese Tipps beherzigst, wirst Du merken, dass Du nicht nur schneller liest, sondern auch wesentlich mehr Informationen aus dem Text extrahieren kannst.

Du kannst zusätzlich Apps nutzen, um die Lesegeschwindigkeit zu erhöhen. Einen Überblick über die besten Apps findest Du auf:

https://praxistipps.chip.de/speed-reading-mit-diesen-apps-koennen-sie-das-schnell-lesen-ueben_122503.

11. Das richtige Verhalten in der Prüfungsphase

Du hast nun jeden Tag gelernt, Deine Semesterarbeiten erfolgreich abgeschlossen, tolle Referate gehalten und jetzt steht die Prüfungsphase vor der Tür. Dir läuft bereits beim Gedanken daran der Schweiß aus allen Poren und Dein Magen zieht sich zusammen? Keine Sorge, mit diesen Tipps hier bist Du auch auf Deine Prüfungen optimal vorbereitet!

Optimalerweise hast Du Dir dieses Buch zu Semesterbeginn gekauft und die Kapitel zum Thema Motivation, Prokrastination, Priorisieren, Zeitmanagement sowie Lerntechniken bereits durchgearbeitet und auch Deinen Arbeitsplatz optimal organisiert. Nun geht es also ans Wiederholen des Lernstoffes. Auch hier helfen Dir die bereits behandelten Strategien – Du bist also eigentlich schon super auf den Endspurt vorbereitet!

Was Du gerade in dieser heißen Phase noch tun kannst, um optimale Ergebnisse zu erzielen, erfährst Du hier.

11.1 Weniger ist mehr!

Im Laufe des Semesters hast Du nun bereits eine Unmenge an Materialien angehäuft, Bücher gelesen, die Präsentationen zu den Vorlesungen bekommen – wahrscheinlich türmt sich gerade ein Turm in der Höhe eines Wolkenkratzers auf Deinem Schreibtisch und/oder auf Deiner Festplatte. Jetzt solltest Du erstmal aussortieren. Was ist wirklich prüfungsrelevant? Alles, wohinter Du ein Fragezeichen setzen musst – erstmal weg damit!

Wenn Du hier gründlich vorgehst, haben sich Deine Wolkenkratzer schon mal in Hochhäuser oder gar Mehrfamilienhäuser verwandelt. Nun geht es ans Priorisieren. Falls Du einen Fragekatalog bekommen hast, könntest Du nun natürlich bei Frage 1 anfangen und Dich langsam zu Frage 50 vorarbeiten. Dabei teilst Du einfach die Zeit, die Dir bis zur Prüfung bleibt und weißt dann, wie viel Zeit Du für jede Prüfungsfrage verwenden kannst. Angenommen, Du hast noch 30 Tage und 50 Fragen, dann machst Du jeden Tag zwei Fragen und hast noch 5 Tage zur Wiederholung am Ende als Puffer. Das ist sicher eine gute Idee, wenn Du zu allen Fragen ungefähr gleich viel weißt, also den ganzen Stoff ungefähr gleich gut draufhast. Meistens ist das jedoch nicht der Fall, so meine Erfahrung. Was also dann?

An dieser Stelle möchte ich Dich an das Pareto-Prinzip (Kapitel 8.1) erinnern: Mit 20 % des gesamten Einsatzes lassen sich 80 % des Ergebnisses erreichen, für die restlichen 20 % braucht man 80 % des Einsatzes. In der Phase der Prüfungsvorbereitung möchte ich Dir deshalb folgende Strategie empfehlen:

- Ordne die durchzuarbeiteten Themen nach Deinem Wissensstand und fang mit denen an, von denen Du noch gar keine Ahnung bzw. sehr große Lücken hast. Für diese planst Du ein Drittel Deiner Zeit ein.
- Das nächste Drittel reservierst Du für alle Themen, die Du schon so gut kannst, dass Du die Prüfung sicher bestehen würdest.
- Das letzte Drittel – und das solltest Du auf keinen Fall vergessen! – brauchst Du, um alle Themen noch einmal zu wiederholen.

Mit dieser Strategie sorgst Du dafür, dass Du alle Themen min. einmal behandelt hast und nicht plötzlich bei Frage/Thema 30 feststellst, dass die Prüfung morgen ist und Du 20 Themen / Fragen noch gar nicht wiederholt hast. Nachdem wir nun die Reihenfolge des prüfungsrelevanten Stoffes festgelegt haben, geht es zum nächsten Schritt über: die Erstellung des Lernplans. Auch dafür kennst Du schon eine optimale Methode: die ALPEN-Methode (Kapitel 8.2).

Wenn Du Dich genau an ihre Schritte hältst, wirst Du schnell merken, ob Du Deinen Stoff realistisch beurteilt hast und kannst im Notfall nachjustieren! Wenn Du für mehrere Prüfungen gleichzeitig lernen musst: Gerade hier ist ein Lernplan absolut wichtig, sonst verlierst Du schnell den Überblick! Am besten teilst Du Dir die Tage in Lernblöcke ein, die durch längere Pausen voneinander getrennt sind.

Pro Lernblock lernst Du auf eine Prüfung. Das ist effektiver, als sich erst drei Tage für die eine, dann drei Tage für die nächste usw. vorzubereiten:

- Unser Gehirn ermüdet durch die lange Auseinandersetzung mit einem Thema eher, als wenn es durch mehrere unterschiedliche Themen herausgefordert wird;
- Wenn Du Dich drei Tage lang gar nicht mit dem Stoff beschäftigst, sondern etwas ganz anderes lernst, brauchst Du viel länger, um wieder zurück ins Thema zu kommen.

Aber keine Panik! Mit einem guten Lernplan meisterst Du auch diese Herausforderung!

11.2 Schreib Dir Spickzettel!

Nein, ich möchte Dich jetzt nicht zum Schummeln verleiten 😊. Sicher kennst Du folgende Situation: Du hast vor einer Woche vor dem Einschlafen noch ein Kapitel in einem Roman gelesen oder eine Folge einer Serie geschaut. Wenn ich Dich jetzt frage, worum es ging, weißt Du es vielleicht gar nicht mehr. Wenn Du nun anfängst, die ersten 5 Minuten noch einmal anzuschauen oder die erste halbe Seite noch einmal liest, kommt alles zurück. So eine Gedächtnisstütze kannst Du Dir mit Hilfe einer sehr knappen Zusammenfassung erstellen: Schreib das Wichtigste zu dem jeweiligen Thema auf und komprimiere es so, dass es auf einen Spickzettel passen würde! Dadurch, dass Du den Stoff immer weiter komprimierst, filterst Du die Essenz des Themas heraus und somit fällt Dir der Rest auch wieder ein!

11.3 Such Dir ein Team!

Gerade zur Prüfungsvorbereitung ist es extrem hilfreich, wenn Du nicht als Einzelkämpfer*in unterwegs bist, sondern mit jemanden zusammen lernst. Damit meine ich nicht, dass Ihr jetzt jeden Tag zusammensitzen und still vor Euch hin lernen sollt! Nein, eher das Gegenteil: Bietet Euch gegenseitig zu jedem Thema eine Prüfungssituation! Stellt Euch gegenseitig Fragen zum Thema, hakt bei den Antworten nach und seid kritisch! Natürlich könntest Du rein theoretisch auch Deiner Mutter, Tante, Freund*innen usw. den Stoff „erzählen", jedoch bekommst Du dadurch keine Kontrolle, ob Deine Antworten auch richtig sind - und Dein*e Lernpartner*in stellt im besten Fall Fragen zum Stoff, die Dir selbst noch nicht eingefallen sind und zwingt Dich so, die Lerninhalte noch einmal neu zu überdenken!

11.4 Mach Pausen!

Auch wenn Du bei einem Thema länger brauchst, als geplant - verzichte auf keinen Fall auf Pausen! Deine Konzentrationsfähigkeit wird schlechter, je länger Du durcharbeitest und im Prinzip lernst Du schließlich weniger, wenn Du keine Pausen machst, als wenn Du Dir regelmäßig Erholung gönnst! Hier möchte ich Dir noch einmal besonders die Pomodoro-Technik ans Herz legen - alle Informationen dazu findest Du im Kapitel 8.3!

11.5 Achte auf Deine Ernährung!

Auch auf die Gefahr hin, dass ich mich gerade anhöre, wie Deine Mutter: Du kannst Deinen Lernerfolg massiv unterstützen, wenn Du ausreichend Wasser oder Tee trinkst. Trinken hilft gegen Müdigkeit und Du kannst

Dich besser konzentrieren! Gesüßte Getränke sind weniger geeignet, da sie Deinen Blutzuckerspiegel erst hochtreiben, dann aber extrem abfallen lassen. Dadurch fällst Du in ein Leistungstief. Um Dir beim Lernen Energie zuzuführen, isst Du am besten Nüsse oder Obst, vor allem Bananen sind sehr gut geeignet!

11.6 Trainiere Deine Hand!

Auch wenn Dir das vielleicht auf den ersten Blick komisch vorkommt: Du solltest, vor allem, wenn Du normalerweise viel am Computer sitzt, sprichwörtlich Deine Hand trainieren. Diese ist es nämlich nicht mehr gewohnt, viel und lange zu schreiben. Aus diesem Grund besteht die Gefahr, dass Du während Deiner Prüfung plötzlich nicht mehr weiterschreiben kannst, weil Du einen Schreibkrampf bekommen hast!

11.7 Mach Dich startbereit!

Am Vorabend:
Bereite bereits am Abend vor der Prüfung alles vor, was Du für den nächsten Tag brauchst – Studentenausweis, Stifte, Papier, Taschenrechner, usw. Stell auch sicher, dass Du etwas zu trinken und evtl. auch einen Snack (Studentenfutter, Nüsse, Banane!) dabei hast!

Vergiss nicht, Dir zu überlegen, was Du anziehen willst – gerade bei einer mündlichen Prüfung ist es oft nicht unwichtig, wie Du gekleidet bist! Ansonsten wähle das Outfit, in dem Du Dich wohl fühlst! Hast Du alles vorbereitet, gönn Dir eine Auszeit – es ist, wie Du ja im Kapitel 2.2 „Wie lernt das Gehirn" bereits erfahren hast, sehr ungünstig, bis zur letzten Minute zu lernen! Auch Dein Kopf braucht eine Pause, um das Wissen zu ordnen und sich zu erholen. Am besten machst Du einen langen Spaziergang: die Bewegung und die frische Luft helfen Dir, Dich zu erholen und zu entspannen.

Was mir persönlich immer sehr geholfen hat: Ich habe mir in allen Farben ausgemalt, was ich nach der Prüfung machen werde: In meinem Lieblingscafé einen großen Milchkaffee trinken und ein Riesenstück Torte essen, abends mit meinen Freundinnen tanzen gehen und den Prüfungserfolg begießen, mir ein neues T-Shirt gönnen, usw. Dadurch, dass ich mich auf das Positive konzentriert habe, war dann die Prüfung in meinem Kopf nicht mehr so groß und hatte keinen so extremen Stellenwert mehr. Geh früh schlafen, denn ein unausgeschlafener Kopf ist unkonzentriert und funktioniert schlecht! Wenn Du nicht schlafen kannst, können Dir ein Entspannungsbad oder eine Tasse heiße Milch mit Honig sowie Baldrian-, Hopfen- oder Melissentee helfen, auch eine Wärmflasche oder ein Kirschkernkissen wirken oft Wunder![8] Auf Schlafmittel oder Alkohol solltest Du dagegen besser verzichten. Vergiss nicht, Dir Deinen Wecker so zu stellen, dass Du mit ausreichend Puffer rechtzeitig zur Prüfung da bist! Plane auch ein, dass sich die öffentlichen Verkehrsmittel oder Dein Zug verspäten können, Du eine rote Ampel nach der anderen erwischt oder es plötzlich eine Baustelle gibt.

11.8 Am Prüfungstag

Am Prüfungstag solltest Du ein leichtes Frühstück zu Dir nehmen – am besten ein Müsli mit Vollkornflocken. Das ist leicht verdaulich und hält lange satt! Wenn Du Dich dann auf den Weg zur Uni machst und öffentliche Verkehrsmittel benutzt, ist die Versuchung groß, doch noch einmal in die Unterlagen zu gucken – wie war das denn nochmal? Und das und das und das …? Wenn du nicht genau weißt, dass dir das hilft, dann lass es! Was Du jetzt nicht weißt, weißt Du nicht. Wenn Du plötzlich anfängst, noch einmal Dinge herauszupicken, machst Du Dich nur verrückt! Im schlimmsten Fall gerätst Du total in Panik und weißt dann wirklich gar nichts mehr! Es gibt einige Menschen, bei denen das kurzfristige Lernen hilfreich ist. Sie schaffen es tatsächlich, dass sie kurz vorher noch effektiv Lernen können. Aber andere

8 Diese Tipps sind nicht als ärztlicher Rat zu verstehen. Leidest Du generell unter Schlafstörungen, suche bitte einen Arzt auf!

wiederum machen sich dadurch nur mehr Stress. Also: langfristiges Lernen ist meist besser! Apropo Panik: Wenn Du nun kurz vor der Prüfung oder auch während der Prüfung merkst, dass Panik in Dir hochkommt, dann hilft Dir die sogenannte „4-6-8 Atemmethode". Damit kannst Du Stress verringern, Deine Panik loswerden und sogar einen Blackout wegatmen. Wie funktioniert das? Setz Dich am besten gerade hin, schließ die Augen und konzentriere Dich auf Deine Atmung. Dann atmest Du so lange durch die Nase ein, bis Du bis 4 gezählt hast. Danach zählst Du bis 6 und hältst dabei die Luft an. Schließlich zählst Du bis 8 und atmest dabei durch den Mund aus. Wichtig dabei ist, dass Du in den Bauch atmest! Wiederhole diese Übung so lange, bis Du merkst, dass Du wieder ruhiger geworden bist.

Noch ein Tipp: Du kennst sicher auch Komilliton*innen, die vor jeder Prüfung noch unbedingt Fragen beantwortet haben wollen oder plötzlich noch Themen in den Raum werfen, von denen Du noch nie etwas gehört hast. Meide sie vor der Prüfung unbedingt!

11.9 Während der Prüfung

Wenn Du nun in der Prüfung sitzt, kannst Du Dir die wichtigsten Fachwörter, Formeln oder Definitionen schnell auf Dein Schmierpapier schreiben – das hilft Dir, falls Du plötzlich den Faden verlierst und gibt Dir die

Sicherheit, dieses Wissen schon einmal definitiv parat zu haben. Lies Dir dann alle Fragen erst einmal durch und fange mit denen an, deren Lösung Du kennst – und die die meisten Punkte bringen! Warum ich das so betone?

Das Durchlesen ist wichtig, weil Fragen oft aufeinander aufbauen und es sein kann, dass Du bei Frage 2 schon alles geschrieben hast, was eigentlich zu Frage 3 gehört. Du müsstest also die Antworten noch einmal umstrukturieren, was Deine Arbeit sehr unübersichtlich macht, oder alles noch einmal schreiben, was viel Zeit kostet.

Wenn Du Dich von oben nach unten durcharbeitest, Dir jedoch die Antworten zu Frage 2 und 3 von 10 gerade nicht einfallen, dann kommst Du nur in Panik und Du verlierst viel zu viel Zeit, die Du brauchst, um die restlichen Aufgaben zu lösen.

Wenn Du die Aufgaben, deren Lösung Du kennst, alle gleich behandelst, kann es sein, dass Du so in eine „Schreib- und Erklärwut" verfällst, dass Du für die Aufgabe, für die Du nur einen Punkt bekommst, so viel Zeit verbrauchst, dass für diejenigen mit vielen Punkten kaum mehr welche übrig bleibt. Du denkst jetzt vielleicht – ja kann doch andersherum genauso sein? Klar, aber wenn Du eine Aufgabe mit 20 Punkten nicht schaffst, bestehst Du vielleicht die Prüfung nicht, während Du bei einer mit sehr wenigen Punkten max. eine Notenstufe schlechter wirst!

Worauf Du noch achten solltest:

- Lies alles, was Du geschrieben hast, noch einmal durch: Ergibt das so formuliert wirklich Sinn? Manchmal sind unsere Gedanken viel schneller als unsere Finger und wir überspringen deshalb wichtige Wörter oder führen Sätze nicht zu Ende!
- Korrigiere Rechtschreibfehler und Satzzeichenfehler!
- Achte auf eine ordentliche Handschrift – im Zweifel gilt: Was nicht gelesen werden kann, kann nicht benotet werden!

11.10 Bei mündlichen Prüfungen

Zur Vorbereitung auf mündliche Prüfungen helfen Dir die Fragerunden mit Deinen Lernpartner*innen oder Deiner Lerngruppe besonders. Damit trainierst Du, schnell auf Fragen zu antworten und auf Nachfragen zu reagieren. Dabei solltest Du unbedingt darauf achten, mit den wichtigsten Argumenten und Fakten zu beginnen, da Du nicht weißt, wann Du von den Prüfer*innen unterbrochen wirst.

Achte vor allem auch auf eine gute und deutliche Artikulation und schlage notfalls die korrekte Aussprache von Fachtermini und Namen nach!

Gerade bei der mündlichen Prüfung kommt es auch auf den äußeren Eindruck an. Du solltest möglichst Blickkontakt halten, lächeln und gerade sitzen / stehen. Achte auch darauf, nicht zu viele Gesten zu verwenden, sondern diese nur zu benutzen, wenn Du auch wirklich etwas betonen oder unterstreichen möchtest! Wenn Du all diese Tipps beachtest, bleibt mir nur noch übrig, Dir viel Erfolg zu wünschen!

12. BONUS
Lernen bei „präsenzfreier Lehre“: Das „Home-Studium“

Dank Corona durften in diesem Jahr alle Versuchskaninchen für das große Projekt „präsenzfreie Lehre“ spielen. Von einem Tag auf den anderen war plötzlich alles zu: Unis, Bibliotheken, Archive, usw. Also einfach alles, was man zum effektiven Lernen und Forschen brauchte! Dazu kam, dass ein Großteil der Studiengänge überhaupt nicht auf Distanzunterricht eingerichtet war: Keine Skripte, keine Aufzeichnungen von Vorlesungen, Seminaren, keine geeignete Infrastruktur … Dazu kam noch, dass die Dozent*innen selbst auch nicht gerade Spezialisten im Anfertigen von Online-Vorlesungen waren! Mit der Zeit besserte sich natürlich vieles: die Vorlesungen liefen ebenso wie die Seminare online, Labore und ähnliches werden streng reguliert besucht, die Bibliotheken ermöglichen zumindest die Ausleihe von Büchern und anderen Materialien …

Trotzdem kam bei weitem nicht jede*r Studierende*r mit der Situation so ohne Weiteres zurecht. Deshalb habe ich diesen Bonus vorbereitet, in dem ich darauf eingehe, was Du tun kannst, damit Du auch möglichst effektiv in jeder Lebenssituation „präsenzfrei" lernen, bzw. online lernen kannst! Denn schließlich gibt es heutzutage eine Menge an online-Studiengängen und Fernstudiengängen, Onlinesprachkursen etc.

Wenn Du Dich in einen Online-Studiengang eingeschrieben hast, der so konzipiert ist, dass Präsenzunterricht kaum oder gar nicht vorgesehen ist, werden Dir die folgenden Tipps helfen, Dich dauerhaft zu motivieren und diszipliniert Dein Studium durchzuziehen!

12.1 Steh auf!

Eigentlich ist die Idee verlockend: Die Online-Vorlesung startet um 10:00 Uhr, sehen kann Dich eh niemand, Mikro ist auch stummgeschaltet – also warum nicht den Laptop ins kuschelige warme Bett mitnehmen, im Schlafanzug der Vorlesung lauschen, mit dem einen Ohr zumindest, denn nebenbei eröffnen sich ja plötzlich ungeahnte Möglichkeiten: Man kann nun gleichzeitig auch noch netflixen, irgendein Handyspiel spielen, frühstücken oder einfach weiterschlafen, sobald man eingeloggt ist … Nun ist es leider so, dass Dir das pure offizielle

Dabeisein ja online genauso wenig bringt, wie wenn Dein/e Kumpel*in bei der Vorlesung Deinen Namen auf die Anwesenheitsliste schreibt, Du aber gar nicht da bist ... Dadurch kommt das Wissen nicht in Deinen Kopf! Um so ein Semester zur Gänze in Eigenregie durchzuführen, ist jede Menge Selbstdisziplin nötig – und das ist nicht so einfach, wenn die Vorlesung einfach todlangweilig ist ... Was Dir dabei hilft, ist vor allem ein Lernrythmus zu festen Zeiten. Der beginnt mit dem Aufstehen am Morgen.

Was kannst du tun?
Steh zur gewohnten Zeit auf – wenn Du normalerweise einen Fahrweg von mehr als einer halben Stunde zur Vorlesung hast, kannst Du diese ja für einen Morgenspaziergang nutzen, das belebt Deinen Kreislauf und stärkt Deine Fitness! Kleide Dich ordentlich – natürlich musst Du nicht im Anzug oder Kostüm vor dem Laptop sitzen, aber zieh Deine Schlafklamotten aus, putz' Dir die Zähne, dusche, usw. Wenn Du normalerweise frühstückst, dann mach das jetzt auch! Kurz und knapp: Bereite Dich für die Online-Vorlesung vor, als würdest Du zum Präsenzunterricht gehen! Neben dem Fakt, dass Du so Deine Selbstdisziplin förderst, hilft es Dir auch, Deinem Gehirn die richtigen, gewohnten Signale zu vermitteln: Jetzt ist Lernen angesagt!

12.2 Konzentration einschalten!

Egal, ob Du später noch eine Aufzeichnung bekommst oder ob es sich um eine Live-Vorlesung ohne Aufzeichnung handelt (oder Du generell nur Aufzeichnungen zu sehen bekommst) – konzentriere Dich genauso auf den Stoff, als könntest Du ihn kein zweites oder drittes Mal anschauen! Mache Dir Notizen, stelle (zumindest Dir selbst) Fragen und – egal wie groß die Versuchung ist – leg´ dein Handy weg, lass´ Netflix & Co. aus und schenke dieser Vorlesung Deine volle Aufmerksamkeit!

12.3 Halte Deinen Wochenlernplan strikt ein!

Im Laufe dieses Buches wurde schon des Öfteren darauf hingewiesen, wie wichtig ein Lernplan ist. Wenn Dir nun auch noch die durch die Uni vorgegebene Struktur fehlt, ist so ein Lernplan essenziell wichtig! Ansonsten ist die Gefahr groß, dass Du in die Prokrastinationsfalle tappst und Du Deine Aufgaben vor Dir herschiebst, bis sie kaum mehr zu bewältigen sind.

Was kannst du tun?

Erstelle Dir einen genauen Plan für jeden Tag. Am besten geht das mit einer Excel-Tabelle, in der Du gleich mehrere Wochen, vielleicht sogar das ganze Semester vorplanen kannst. Hier musst Du noch gar nicht genau wissen, was Du konkret lernen willst (welchen Stoff), das kannst Du dann schrittweise nachtragen bzw. anpassen, sondern es geht darum, Dich darauf zu programmieren, z.B. um 8:00 Uhr aufzustehen, von 9:00 Uhr bis 11:00 Uhr für Fach 1 zu lernen, von 12:00 Uhr bis 14:00 Uhr für Fach 2 und so weiter. Dadurch stellst Du sicher, dass Du nicht den ganzen Tag lang entweder sagst „später" und plötzlich um 22:00 Uhr feststellst, dass Du noch immer nichts getan hast, oder umgekehrt den ganzen Tag lernst und trotzdem das Gefühl hast, nichts getan zu haben und noch mehr leisten zu müssen.

Deshalb: Setze Dir unbedingt diese Zeitgrenzen und wenn Du Deinen letzten Block absolviert hast, hast Du auch frei! Gönn Dir dann etwas, was Dir Spaß macht und lerne nicht die halbe Nacht durch, aus Angst, dass Du womöglich hinterherhinkst und die anderen alle viel fleißiger sind als Du! Mit dem Lernplan hast Du alles im Griff, da Du genau weißt, wo Du stehen sollst und Du auch die Kontrolle darüber hast, wo Du wirklich stehst!

Du kannst Dir Deinen Lernplan auch mit Hilfe einer App erstellen - zum Beispiel mit IStudiezs-Studentplaner, Timetable oder any.do.

12.4 Gönn Dir Pausen!

Auch wenn Du sicher immer wieder von Leuten hörst, die stundenlang am Stück hoch konzentriert lernen können - ich kenne keine solche Person und Du sicher auch nicht! Unser Gehirn braucht Pausen, um das Gelernte zu verarbeiten und vertiefen zu können und muss sich genauso wie unser Körper erholen. Deshalb plane bei der Erstellung Deines Lernplans unbedingt Pausen ein - sowohl kleine als auch große, und gönne Dir auch unbedingt ein freies Wochenende! Zumindest an einem Tag der Woche solltest Du abschalten und Dich nicht mit Deinen Lerninhalten beschäftigen!

12.5 Gemeinsam lernt es sich leichter!

Gerade wenn Du erst im ersten Semester bist, hast Du es absolut nicht leicht - vielleicht bist Du der/die Einzige aus Deinem alten Freundeskreis an dieser Uni mit Deinem Fach. Auch wenn vielleicht dein Studium bewusst auf Distanz oder online lernen ausgerichtet ist, kann gemeinsames Lernen sehr hilfreich sein. Diese Form von lernen kann man online organisieren! Vorteile einer virtuellen Lerngruppe:

- Die Verpflichtung, sich auf das Treffen vorzubereiten, hilft Dir, Dich auch wirklich mit dem abgesprochenen Material auseinanderzusetzen.

- Die regelmäßigen Treffen geben Deinem Tag Struktur;
- Durch die Auseinandersetzung mit dem Lernstoff innerhalb der Gruppe kannst Du Dir das Gelernte besser merken und neue Standpunkte wie auch Sichtweisen kennenlernen, mit denen Du Dich vorher vielleicht noch nicht auseinandergesetzt hast;
- Du kannst Fragen stellen und somit Unklarheiten klären, ohne stundenlang nach Erklärungen in Büchern oder im Internet suchen zu müssen;
- Du bist trotz Distanz mit andere verbunden und kannst mit Ihnen als Team arbeiten. Dabei könnt Ihr einander helfen.
- Deine Motivation und Freude am Studium steigen, da Du nicht als „einsamer Wolf" vor Dich hin lernen musst.

Was kannst du tun?
Informiere Dich in Deinem Fachbereich, ob solche digitale Lerngruppen von der Uni angeboten werden oder bitte Deine Dozent*innen diese Möglichkeit in der Vorlesung vorzuschlagen oder solche Gruppen zu organisieren. Kennst Du bereits ein paar Personen, mit denen Du Dir vorstellen könntest, in einer Lerngruppe zu sein,

probiert es doch einfach aus – Kommunikationstools wie Skype sind komplett kostenlos zu nutzen, die Kosten bei Plattformen wie Zoom hängen von der Anzahl der Personen und der Gesprächsdauer ab. Vielleicht bietet ja auch Deine Uni mit einer eigenen Plattform wie Illias solche Möglichkeiten an? Eine Lerngruppe sollte jedoch mit klaren Regeln verbunden sein: Sich online zu treffen und über den schrulligen Professor aus der letzten Vorlesung herzuziehen, mag zwar Deine Laune heben, Deine Noten leider nicht. Deshalb vereinbart – am besten schriftlich! – bestimmte Regeln, wie:

- Beginn und Ende des Treffens (und die Verpflichtung, auch pünktlich dabei zu sein!);
- Das ganze Thema, das besprochen werden soll;
- Welchen Charakter das Ganze haben soll: Wollt Ihr über einen bestimmten Stoff diskutieren, soll jeder etwas vortragen oder erarbeitet Ihr Euch die Informationen aus einem Text zusammen?
- Welches Ergebnis soll erreicht werden?
- Darf die Lerngruppe aufgezeichnet werden? Zu einer Aufzeichnung müssen auch wirklich alle Gruppenmitglieder zustimmen! Der Vorteil einer Aufzeichnung besteht natürlich darin, dass man sie sich beliebig oft erneut anschauen kann, Nach-

teile sind neben den Datenschutzbestimmungen auch das Gefühl, dass man sich ständig auf den eigenen Ausdruck, das Verhalten und bei laufender Kamera auch sein Aussehen konzentrieren muss – und was, wenn das Video in falsche Hände gerät?

- Wie wird die Lerngruppe organisiert? Gibt es einen Teamleader, der das Meeting leitet, nutzt man die Handhebefunktion für Wortmeldungen. Wer bestimmt, wann jemand sprechen kann?
- Wird ein Protokoll geführt?
- Wer besorgt die nötigen Texte oder anderes Material?
- Usw.

Du siehst, eine Online-Lerngruppe kann mit einem gewissen Aufwand verbunden sein, besonders wenn es auch noch technische Schwierigkeiten wie eine instabile Internet-Leitung, kein oder ein schlechtes Mikrofon sowie Probleme mit der Kamera gibt. Zur Gruppenarbeit gibt es auch einige hilfreiche Tools, wie padlet (padlet.com) zur Erstellung von Boards, Dokumenten und Webseiten oder trello (trello.com) zur Organisation Eurer Lerngruppen. Sinnvoll, um Eure gemeinsamen Ergebnisse abzuspeichern oder auch gemeinsam an ihnen arbeiten zu können sind auch Google Docs. Hierfür braucht man ein Gmail-Konto. Habt Ihr auch zusammen keine Antwort auf Deine Frage gefunden? Dann könnte die App WolframAlpha die Antwort liefern. Hierbei handelt es sich um eine Suchmaschine.

Im Gegensatz zu Google, Bing, Yahoo, usw. erhält man keine einzelnen Links, in denen man das Gesuchte findet, sondern eine Übersicht passender Informationen. Übrigens: Außerhalb der Lernzeiten tut es auch sehr gut, sich mal online mit der Lerngruppe auf ein Bier oder eine Tasse Tee/Kaffee zu treffen!

12.6 Sprachenlernen im Tandem!

Gerade wenn Du „irgendetwas mit Sprachen" studierst, ist es oft Teil des Studiums, mindestens noch eine Sprache zu lernen. Sprachen lernt man am besten dadurch, dass man sie spricht. Weltweit gibt es genug Personen jeglicher Muttersprache, die Deutsch als Fremdsprache lernen und sich ebenfalls gerne austauschen wollen.

Auch wenn Dein*e Tandempartner*in den Sprachunterricht nicht ersetzen kann – und auch Du vielleicht nicht sofort den Unterschied zwischen Konjunktiv I und II erklären kannst, ist ein Sprachtandem eine sehr sinnvolle Idee, wenn Du schon mind. B1-Niveau Deiner Zielsprache erreicht hast. Darunter ist es wenig sinnvoll, da Dein Wortschatz noch zu begrenzt sein dürfte, um Dich über Smalltalk hinaus länger zu unterhalten.

In diesem Fall könntest Du die Zeit nutzen, um bei einem Sprachlehrer oder einer Sprachlehrerin privat Unterricht zu nehmen. Online gibt es dafür viele Möglichkeiten und je nach Zielsprache auch für Studierende erschwingliche Preise! Lehrer*innen findest Du ganz leicht auf Plattformen wie z. B. auf oder auch in diversen Facebook-Gruppen.

https://preply.com/

Zurück zum Tandem – worauf Du achten solltest:

- Dein*e Tandempartner*in sollte ungefähr das gleiche Sprachniveau haben wie Du, sonst wird es für eine*n von Euch schnell sehr ermüdend.
- Es hilft sehr, wenn Ihr ungefähr die gleichen Interessen habt! Ist Dein Tandempartner leidenschaftlicher Fußballer, Du dagegen interessierst Dich eigentlich gar nicht dafür, sondern verschlingst dagegen einen Roman nach dem anderen, wird Euch der gemeinsame Gesprächsstoff bald ausgehen!

- Macht einen zeitlichen Rahmen aus, wann und wie lange ihr Euch „treffen" wollt und wie die Treffen ablaufen sollen: Wollt Ihr bestimmte Themengebiete „abarbeiten" oder erzählt Ihr Euch spontan, was Euch in den Kopf kommt? Die erste Variante fühlt sich vielleicht etwas gekünstelt an, kann aber wirklich nützlich sein, um überhaupt einmal ins Reden zu kommen - schließlich solltest Du Dich mindestens eine halbe Stunde mit einer wildfremden Person in Deiner Zielsprache unterhalten können! Es ist deshalb sinnvoll, sich über das Thema des Treffens klar zu sein, damit Du Dich auch darauf vorbereiten kannst - schließlich solltest Du nicht damit beschäftigt sein, nebenbei jedes zweite Wort nachschlagen zu müssen!

Einen Tandempartner kannst Du entweder über die Tandembörse an Deiner Uni oder über Plattformen wie https://www.tandem.net/de finden.

Was du sonst noch tun kannst

Auch im „Home-Studium“ gilt: Achte auf Deinen Arbeitsplatz und auf ausreichend zu trinken und Snacks!

Da ich dieses Buch in der Corona Pandemie veröffentliche, ist mir an dieser Stelle ein Hinweis ganz wichtig: Wenn Dir die Decke auf den Kopf fällt: Du bist nicht allein. Weltweit geht es den meisten Menschen gerade wie Dir und wir alle gehen unterschiedlich mit der Belastung einer Pandemie um. Wenn Du das Gefühl hast, dass Du Dich immer schwerer motivieren oder aufraffen kannst, überhaupt etwas zu tun, dann hole Dir unbedingt Hilfe. Diese findest Du entweder über das Studierendenwerk Deiner Uni, Deinen Hausarzt oder auch über die Corona-Hotline: 0800 777 22 44. Das ist ein anonymes und kostenloses Angebot des Berufsverbandes der Psycholog*innen (BDP) und täglich von 08:00 bis 20:00 Uhr besetzt. Mehr Informationen dazu findest Du unter

https://www.bdp-verband.de/presse/pm/2020/bdp-corona-hotline-psychologische-beratung-in-corona-krisenzeiten.html.

13. Endlich Semesterferien! Und jetzt?

So, jetzt ist die Prüfungszeit vorbei und die Semesterferien sind da! Was heißt das für Dich? Du streckst alle Gliedmaßen von Dir und lässt Studium Studium sein? Daran ist prinzipiell ja nichts auszusetzen, allerdings möchte ich Dir eine Idee ans Herz legen: die 5 Stunden-Regel.

Diese Regel wurde von dem Soziologen und Unternehmer Michael Simmons bekannt gemacht, der bei seinen Untersuchungen herausragender Persönlichkeiten feststellte, dass sie alle etwas gemeinsam hatten: Sie eigneten sich kontinuierlich lebenslang neues Wissen an.

Angelehnt am Lernverhalten von Ben Franklin, der jeden Werktag eine Stunde lernte, entwickelte Simmon also seine Formel für Erfolg: die 5 Stunden-Regel. Das Wichtigste zuerst: Hierbei ist keinesfalls gemeint, einmal die Woche fünf Stunden zu lernen! Es geht wirklich darum, jeden Tag (oder eben zumindest jeden Werktag) bewusst zu lernen. Das bedeutet jetzt jedoch nicht, dass Du auch in den Semesterferien noch täglich Deinen Lernstoff wiederkäuen musst – Nein, lerne etwas, was Dir Spaß macht! Es geht darum, Dir eine Gewohnheit anzueignen, die Routine, Dich täglich geistig mit etwas auseinanderzusetzen – lies ein Buch über die Entwicklung von Baseball, auch wenn Du Physik studierst, wenn Dich das interessiert, oder lerne eine weitere Fremdsprache! Natürlich kannst Du Dich in dieser Zeit auch mit Aspekten Deines Studienfaches auseinandersetzen, die nicht prüfungsrelevant sind.Besonders hilfreich wird diese Gewohnheit allerdings, wenn Du mit Deinem Studium fertig bist und ins Berufsleben eintrittst: Dann wird sie Dir eine ungeheure Stütze sein, die Energie und Disziplin aufzubringen, Dich in Deinem Beruf weiterzubilden, Fortbildungen und Seminare zu besuchen und immer top informiert zu sein!

Hast Du Dir diese Angewohnheit nämlich nicht angeeignet, wirst Du merken, dass Deine Tage nach einem anstrengenden achtstündigen Arbeitstag vermeintlich viel zu voll sind, um noch etwas Zeit in Deine Weiterentwicklung zu investieren. Lebenslanges Lernen ist heute so wichtig wie noch nie! Jetzt damit anzufangen, hilft Dir zudem auch dabei, nach den Semesterferien wieder schneller auf Studium und lernen umzuschalten! Wichtig um die 5 Stunden-Regel wirklich umzusetzen ist, sich eine Zeit dafür zu reservieren und sich auch wirklich zu überlegen, was man in dieser Zeit machen will. Notiere sie Dir in Deinen Kalender und blocke sie somit für andere Unternehmungen!

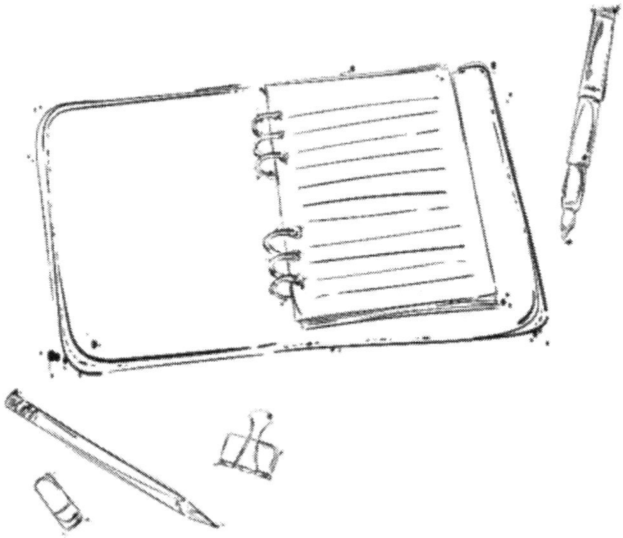

14. Schluss

Ich gratuliere Dir hiermit zu Deinem zukünftigen Lernerfolg und guten Noten! Wenn Du die Tipps und Tricks aus diesem Buch wirklich beherzigst und umsetzt, wirst Du schon bald feststellen können, dass Du Dein Studium besser organisieren kannst und nun Deine Aufgaben ohne ein ständiges Gefühl von Überforderung, Zeitdruck und Stress erfolgreich erledigen wirst. Wichtig ist vor allem, dass Du dranbleibst: Wie Du jetzt weißt, sind Fehler kein Zeichen von Versagen, sondern eine Chance, etwas beim nächsten Mal besser zu machen! Auch wenn Du vielleicht am Anfang doch immer wieder in die Prokrastinationsfalle tappst – Du weißt nun, wie Du da auch wieder rauskommst! Wenn Du früher gar nichts in der gesetzten Frist geschafft hast, Du jetzt in zwei Wochen immer noch mit 50 % in Verzug bist, dann ist das doch auch schon ein großer Erfolg! Doppelt so gut wie noch vor zwei Wochen! Und in einem Monat tappst Du vielleicht nur noch 1× hinein und merkst, dass Du eine bestimmte Aufgabe vor Dir herschiebst. Tiefgehende Veränderungen brauchen Zeit – also sei nicht zu streng zu Dir: Du bist auf den richtigen Weg, Du weißt nun, wie Du Dein Ziel erreichen kannst – also go for it! Du schaffst das 😊

Ich hoffe, das Buch hat Dir bei Deinem Lernerfolg geholfen. Über eine Bewertung würde ich mich freuen, Du kannst den QR-Code hier einscannen und kommst direkt auf die Seite zur Abgabe der Bewertungen!

Wenn Du irgendwelche Verständnisprobleme oder Fragen hast, aber auch bei Anregungen und konstruktiver Kritik, würde ich Dich bitten, mich unter:
sophia.sonnenfeldll@gmail.com zu kontaktieren!

Quellen

1&1 IONOS SE. (2020, 1. Dezember). *ALPEN-Methode.* IONOS Startupguide. https://www.ionos.de/startupguide/produktivitaet/alpen-methode/

1&1 IONOS SE. (2021a, Februar 18). *Das Pareto-Prinzip | 80–20-Regel*. IONOS Startupguide. https://www.ionos.de/startupguide/produktivitaet/das-pareto-prinzip-80-20-regel/

1&1 IONOS SE. (2021b, Februar 18). *Zeitmanagement-Methoden*. IONOS Startupguide. https://www.ionos.de/startupguide/produktivitaet/zeitmanagement-methoden/

Andres, R. (2020). *Bestnote: Die besten Lernmethoden und Lerntechniken für mehr Erfolg in der Schule und im Studium. Wichtige Uni Hacks für ein verbessertes Zeitmanagement. Schluss mit Prokrastination!* Independently published.

Augenschonende Monitore – Der augenfreundliche Bildschirmarbeitsplatz. (2021, 18. Januar). Augenfreundlicher Bildschirmarbeitsplatz. https://augenfreundlicher-bildschirmarbeitsplatz.de/monitore/

Bannack, D. M. (o. D.). *Mythos Multitasking.* http://www.neurokon.de Abgerufen am 20. März 2021, von http://www.neurokon.de/de/aktuelle-meldungen/mythos-multitasking

Benesch, H. (o. D.). *Loci-Methode.* brain-fit.com. Abgerufen am 15. März 2021, von https://brain-fit.com/html/loci.html.

Bermeitinger, C. (2019). *Priming – Dorsch – Lexikon der Psychologie.* dorsch.hogrefe.com. https://dorsch.hogrefe.com/stichwort/priming (2017, 17. Juni).

So unterstützen Aromen unsere Mentalleistung. bigKARRIERE. https://www.bigkarriere.de/karrierewelt/studium/dufte-beim-lernen

Brandt, M. (2020). *ZEITMANAGEMENT – Exzellente Organisation: Wie Sie mit klugen Mindset-Strategien Stress überwinden, besser lernen, Ihren Schlaf optimieren und nachweislich Ihre Effektivität & Motivation steigern.* Independently published.

Brita GmbH. (o. D.). *ZEIT ONLINE | Lesen Sie zeit.de mit Werbung oder im PUR-Abo. Sie haben die Wahl.* zeit.de. Abgerufen am 17. März 2021, von
https://www.zeit.de/zustimmung?url=https%3A%2F%2Fwww.zeit.de%2Fcampus%2Fangebote%2Fbrita%2Fschlau-trinken%2Findex%3Futm_referrer%3Dhttps%253A%252F%252Fwww.google.com%252F

Duden. (o. D.). Prokrastination. In *Duden*. Abgerufen am 10. März 2021, von https://www.duden.de/rechtschreibung/Prokrastination.

Euler, C. (2020, 30. August). *Mindset – die Psychologie des Lernens und Lehrens*. phase6 Magazin.https://www.phase-6.de/magazin/rubriken/lerntipps/mindsets-die-psychologie-des-lernens-und-lehrens/

Geisselhart, O. & Lange, H. (2012). *Schieb das Schaf: Mit Wortbildern hundert und mehr Englischvokabeln pro Stunde lernen*. mvg.

Heimes, V. (2018). *Studieren leichter machen – Lernen mit individuellem Lernplan: Sich mit der richtigen Lernmethode für jede Klausur im Studium erfolgreich vorbereiten – Praktische Schritt-für-Schritt Anleitung* (1. Aufl.). Independently published.
heise online. (2014, 26. Januar). *Wolfram Alpha*. heise Download https://www.heise.de/download/product/wolfram-alpha-65226 https:\\blog.neuronation.com\/de\/priming-wie-konnen-sie-es-nutzen\/#author (2020, 5. Mai)

Priming – wie können Sie es nutzen? | NeuroNation. NeuroNation | https://blog.neuronation.com/de/priming-wie-konnen-sie-es-nutzen/

Huppertz, L. (2020, 23. Mai). *Konzentration beim Lernen: 10 Tipps für mehr Erfolg | Concentrix*. Concentrix®. https://www.concentrix.eu/magazin/10-tipps-konzentration-lernen/

Kirschner, C. (2019, 28. April). *Was ist eine Mindmap? – Eine der besten Lernmethoden!* lerne-smart. https://lerne-smart.de/studieren/lernstrategien/warum-sind-mindmaps-eine-der-wichtigsten-lernmethoden-fuer-dich/

Kirschner, C. (2020, 27. April). *Schnell lernen.* lerne-smart. https://lerne-smart.de/studieren/lernstrategien/lerne-effektiv-indem-Du-an-Dein-vorwissen-anknuepfst/

Kraft, G. (2019). *Lerntechniken & Lernmethoden – Gute Noten ohne Büffeln: Leichter lernen & Prüfungsangst überwinden für bessere Noten und mehr Freizeit. Wie Du Lernstrategien richtig einsetzt und dich motivierst.* Great Books4YOU.

Krengel, M. (2020, 20. Oktober). *Speed Reading:* ✎ S c h n e l l e r *lesen lernen!* ✔*11 schnelle Tricks* ✔. studienstrategie.de.
https://www.studienstrategie.de/lesen/schneller-lesen/

Krüger, F. (2020, 13. Mai). *Die ideale Wiederholungsfrequenz.* Mymorize UG. https://mymorize.com/die-ideale-wiederholungsfrequenz/?clear_cache=1#Nutzung-von-Online-Karteikartensystemen

lernenheute. (o. D.). *Merktechniken – Die Schlüsselwortmethode.* lernen-heute.de. Abgerufen am 18. März 2021, von https://www.lernen-heute.de/technik_schluesselwortmethode.html.

Lernenheute. (o. D.). *Zeitmanagement – Das Eisenhower-Prinzip*. lernen-heute.de. Abgerufen am 15. März 2021, von https://www.lernen-heute.de/selbstmanagement_eisenhower.html.

Linke, L.-P. (2020, 17. Februar). *Mythos Lerntypen: Erfahren Sie, was wirklich motiviert*. magazin.weka-elearning.de. https://magazin.weka-elearning.de/lernformate/mythos-lerntypen/

Mai, J. (2020a, Oktober 7). *Feynman-Methode: 4 Mal schneller lernen*. karrierebibel.de. https://karrierebibel.de/feynman-methode/

Mai, J. (2020b, Oktober 25). *Prüfungsvorbereitung: 11 Tipps wie Sie Tests bestehen*. karrierebibel.de. https://karrierebibel.de/pruefungsvorbereitung/

Mai, J. (2020c, November 4). *Prokrastination: 50 Tipps gegen Aufschieberitis*. karrierebibel.de. https://karrierebibel.de/prokrastination/

Max-Planck-Gesellschaft. (2015, 5. Februar). *Lernen mit allen Sinnen*. https://www.mpg.de/8930937/vokabel-lernen-gesten?filter_order=L&research_topic

Müller, C. (2020, 9. Januar). *Ruhe jetzt! - 12 Tipps für die perfekte Lernumgebung*. sozial-pr. https://www.sozial-pr.net/ruhe-jetzt-xx-tipps-fuer-die-perfekte-lernumgebung/

Parzefall, G. (2013, 23. Mai). *11 Lebensmittel für ein starkes Gehirn*. brain-effect.com. https://www.brain-effect.com/magazin/11-lebensmittel-fuer-ein-starkes-gehirn

Pashler, H., McDaniel, M., Rohrer, D. & Bjork, R. (2009). Learning Styles Concepts and Evidence. *PSYCHOLOGICAL SCIENCE IN THE PUBLIC INTEREST Volume 9 Number 3*, 105–119.

Rudolph, M. (2019, 26. September). *Extrinsische Motivation endlich verständlich erklärt*. Zeit zu leben. https://zeitzuleben.de/extrinsische-motivation/

Rudolph, M. (2021, 20. Januar). *Intrinsische Motivation: 10 Tipps, damit Du endlich wieder Bock hast*. Zeit zu leben. https://zeitzuleben.de/intrinsische-motivation/

Schipek, P. (o. D.). *So lernt das Gehirn. Kleines „ABC" der Neuronen*. lernwelt.at. Abgerufen am 17. März 2021, von https://www.lernwelt.at/downloads/solerntdasgehirn.pdf.

Schock, L. (2021, 9. Februar). *Als Student mit Active Recall lernen und sich alles merken*. Lasse Schock. https://lasse-schock.de/active-recall-effektiv-lernen/

Simmons, M. (o. D.). *Why Constant Learners All Embrace the 5-Hour Rule*. http://michaeldsimmons.com/. Abgerufen am 25. März 2021, von http://michaeldsimmons.com/why-constant-learners-all-embrace-the-5-hour-rule-mm09/.

Vázquez, M. (2019, 22. Oktober). *Hippocampus: Lernen und Emotionen. Das Tor zum Gedächtnis.* CogniFit. https://blog.cognifit.com/de/hippocampus/#:%7E:text=Wenn%20der%20Hippocampus%20besch%C3%A4digt%20wird,den%20positiven%20oder%20negativen%20Bewertungen.

Vester, F. (2018). *Denken, Lernen, Vergessen* (38. Aufl.). dtv.
Werner Stangl. (2021). Multisensorische Lerntheorie. In *Online Lexikon für Psychologie und Pädagogik.* https://lexikon.stangl.eu/14919/multisensorische-lerntheorie

Zentrale Studienberatung. (2019, 24. Juni). *Geschichtentechnik: Lernen mit Geschichten – Fit fürs Studium.* groups.uni-paderborn.de. https://groups.uni-paderborn.de/zsb-fit-fuers-studium/index.php/allgemein/geschichtentechnik-erzaehl-Dir-eine-geschichte/

Zentrale Studienberatung. (2020, 9. Oktober). *Das Drei-Speicher-Modell: So bleibt der Lernstoff im Gedächtnis – Fit fürs Studium.* groups.uni-paderborn.de. https://groups.uni-paderborn.de/zsb-fit-fuers-studium/index.php/wissenschaftliches_lernen/das-drei-speicher-modell-so-bleibt-der-lernstoff-im-gedaechtnis/

Haftungsausschluss

Der Inhalt dieses Buches wurde mit großer Sorgfalt geprüft und erstellt. Für sämtliche Inhalte kann jedoch keine Garantie übernommen werden. Dies gilt weder für die Richtigkeit, Vollständigkeit, noch Aktualität der Inhalte. Alle enthaltenen Informationen basieren lediglich auf der eigenen Meinung und persönlichen Erfahrung des Autors.Der Inhalt darf keinesfalls als medizinische Hilfe gesehen werden. Für selbstverursachte Schäden und Fehlhandlung des Lesers wird daher keine juristische Haftung seitens des Autors übernommen. Zudem garantiert der Autor keinerlei Erfolge mit den im Buch erwähnten Informationen, da diese wie oben genannt nur auf persönlicher Erfahrung des Autors basieren und lediglich als Unterhaltung dienen sollen. Die Verantwortung für die im Buch beschriebenen Ziele liegt einzig und allein beim Leser selbst. Gleichzeitig wird keine Haftung für die im Buch angegebenen Quellen und externen Webseiten übernommen. Für all diese Inhalte ist einzig und allein der jeweilige Webseitenbetreiber verantwortlich, weshalb der Autor automatisch von einer Haftung ausgeschlossen ist.

Impressum

1. Auflage 2021

Kontakt: KMU Media GmbH / Rathausstraße 35 / 74613, Öhringen
Covergestaltung bei: 99Design
Coverfoto: depositphotos
ISBN: 9798513802112

Printed in Poland
by Amazon Fulfillment
Poland Sp. z o.o., Wrocław

87421931R00096